Miren taratara no
motokano ga
atsumattara

未練《ミレン》
タラ
元
集まったら

tozuka riku
戸塚 陸 illust. ねいび

MIREN TARATARA MOTOKANO

CONTENTS

Miren
taratara no
motokano ga
atsumattara

未練《ミレン》
タラタラの元カノが集まったら
Miren taratara no motokano ga atsumattara
戸塚 陸
tozuka riku
illust. ねいび

高校《こうこう》二年生に進級する日としては、最高の景気づけだろう。

とはいえ、恋愛運《れんあいうん》が絶好調と言われても困ってしまう。広季《ひろき》には現在、意中の人はおらず、恋愛願望《れんあいがんぼう》もこれといってないからだ。

実はこれまでに、広季《ひろき》は三人の女子と付き合った経験がある。

どの相手ともそれなりに長い時間を過ごし、たくさんの思い出を作ることができた。

しかし、それも過去の話であり、今は恋人《こいびと》などいない。

だが、それでも構わないと広季《ひろき》は思っていた。

べつに、ネガティブな意味合いではない。いわゆる『元カノ』との思い出は、広季《ひろき》にとって大切なものであり、今でも相手には感謝をしているくらいだ。

ただ、広季《ひろき》自身はそれらの思い出を過去の出来事として割り切ることができており、今は単純に恋愛《れんあい》をしたいと思わなくなっているだけで。あくまで前向きに過ごすことができていた。

けれど、悩《なや》みがないかと聞かれると、そういうわけでもなくて。

「ラムネ、家にあったかな……」

広季《ひろき》は言いながら棚《たな》を漁《あさ》るものの、どこにも見当たらず。自然と落胆《らくたん》のため息が出てしまう。

ラッキーアイテムとやらにどの程度の開運効果があるかはわからないし、それほど占《うらな》いを信じているわけでもないのだが、気休めだけでも欲《ほ》しい気分だった。

何せ、今日から新学期。

気になる相手——というより悩《なや》みの種になっている相手と、顔を合わせる機会があるかもしれないからだ。

「まあ、ないものは仕方ないか」

元々、占《うらな》いは気休めやゲン担《かつ》ぎ程度にしか考えていない。

登校中にわざわざラムネ菓子《がし》を購入《こうにゅう》する気にはならないし、そもそも総合運が一位というだけでも十分にテンションは上がったので、それ以上のことは気にしないことにした。

◇

支度《したく》を終えた広季《ひろき》は一軒家《いっけんや》の自宅を出るなり、日差しの眩《まぶ》しさに目を細めた。

今日は始業式ということもあり、普段《ふだん》よりも早めに家を出たのだが。

——ガチャリ。

そこで隣《となり》の家の玄関《げんかん》が開き、中から見知った少女が出てきた。

春風にふわりと髪《かみ》を靡《なび》かせ、ナチュラルメイクに彩《いろど》られたその愛らしい顔立ちが、広季《ひろき》の視線を釘付《くぎづ》けにする。

水沢美優《みずさわみゆ》。

彼女は昔から広季《ひろき》と家が隣同士《となりどうし》で同い年、家族ぐるみの付き合いもある、いわゆる幼馴染《おさななじみ》というやつだ。

けれど、その容姿は昔とは大きく異なる。

愛嬌《あいきょう》のある顔立ちはそのままだが、以前はメイクなんてしていなかったし、胸も豊かに育っており、身体《からだ》のラインに凹凸《おうとつ》というか緩急《かんきゅう》というか、とにかく女の子らしいメリハリが生まれていた。

とにかく一言で表すなら、とても可愛《かわい》くなっていた。

特にここ一～二年、高校《こうこう》入学前の状態と比べると、その成長は著《いちじる》しい。

ただし、変わったのは見た目だけじゃなく──

「──ちょっと美優《みゆ》ー、いいかげんに広季《ひろき》くんと仲直りするのよー」

そのとき、隣《となり》の家から美優《みゆ》の母親の声が聞こえてきて。

ムッとした美優《みゆ》は家の中を睨《にら》みつけて言う。

「べつに喧嘩《けんか》とかはしてないってば！　お母さんは口出さないでよ！　……もぉう、私だって……」

そんな親子の会話に名前が出た広季《ひろき》としては、この場に居合わせているのは正直気まずい。

とはいえ、後半の方は美優《みゆ》がぼそぼそと呟《つぶや》いていたせいで、よく聞き取れなかったが。

と、そこで。

玄関《げんかん》の扉《とびら》を勢いよく閉めた美優《みゆ》と、広季《ひろき》は目が合ってしまう。

途端《とたん》に、美優《みゆ》は顔を真っ赤にした。

とりあえず、広季《ひろき》は愛想《あいそ》よく微笑《ほほえ》んでみせる。

「お、おはよう、水沢《みずさわ》さん」

広季《ひろき》がぎこちなく挨拶《あいさつ》をすると、美優《みゆ》はさっと視線を逸《そ》らす。

「……おはよ、羽島《はしま》くん」

呟《つぶや》くように美優《みゆ》は挨拶《あいさつ》を返すと、制服のスカートをひらりと翻《ひるがえ》して先を行ってしまった。

「ふぅ」

残された広季《ひろき》は小さくため息をつく。

いくら親子の恥《は》ずかしいやりとりを見られたからとはいえ、素っ気ないというか、塩対応というか……これでは幼馴染《おさななじみ》というより、ただの同級生といった方が納得《なっとく》のいく距離感《きょりかん》である。

そもそも幼馴染《おさななじみ》なのに『水沢《みずさわ》さん』、『羽島《はしま》くん』と他人行儀《たにんぎょうぎ》に呼んでいる時点で不自然と言えるだろう。これには理由があり、端的《たんてき》に言えば、高校《こうこう》入学前に美優《みゆ》から頼《たの》まれたのだ。

周りに自分たちの関係を知られたくないから、と。

以来、互《たが》いの呼び方は他人行儀《たにんぎょうぎ》なものになってしまった。

ただの幼馴染《おさななじみ》だったら、そうはならなかっただろう。

というのも、広季《ひろき》と美優《みゆ》は以前に交際をしていた元恋人《もとこいびと》同士なのだ。

二人が付き合い始めたのは中学生になったばかりの頃《ころ》で、広季《ひろき》から告白をしたことで交際が

始まった。

そして別れたのは、一年ほどが経《た》った頃《ころ》。別れを切り出したのは、美優《みゆ》の方からだった。

それからずっと、疎遠《そえん》状態が続いている。

とはいえ、別れる際にはお礼を言い合ったくらいだし、少なくとも喧嘩《けんか》別《わか》れという形ではなかったはずだ。

広季《ひろき》に今さら未練はないが、本音を言えば、昔のように仲の良《い》い幼《おさな》馴染《じみ》に戻《もど》りたいという気持ちだけは残っていて。

それは広季《ひろき》のわがままであることは理解しているので、別れてからはどう接すればいいのか戸惑《とまど》いながら、約三年もまともに口を利《き》かない状態が続いていた。

「……占《うらな》いなんて、やっぱりあてにはならないな」

朝から悩《なや》みの種と遭遇《そうぐう》して、変わらず素っ気ない態度を取られたのだ。これで運気がよいと言われても、信じられるはずがない。

新学期早々、さっそく出鼻を挫《くじ》かれたわけだが、ここでいつまでも棒立ちしているわけにもいかないので、広季《ひろき》は自らの両頰《りょうほお》を軽く叩《たた》いた。

「――よし！　せっかくの新学期だし、気合いを入れていこう」

そんな風に広季《ひろき》は自分を鼓舞《こぶ》し、気持ちを切り替《か》えて歩き出すのだった。

そうして歩くこと十五分ほど。

都立桜峰高校《さくらみねこうこう》の校舎に到着《とうちゃく》した広季《ひろき》は、掲示板《けいじばん》に貼《は》り出されたクラス替《が》えの用紙を見て愕《がく》然《ぜん》としていた。

広季《ひろき》が所属するB組の中に、その名前を見つけてしまったからだ。

――水沢美優《みずさわみゆ》。

元カノの名前である。

「………」

去年は美優《みゆ》と違《ちが》うクラスだったこともあり、広季《ひろき》はつい動揺《どうよう》してしまったが、再び気を取り直してB組の教室に向かう。

教室に着くと、戸は開け放たれており、中からは賑《にぎ》やかな話し声が聞こえてきた。

(平常心、と……)

広季《ひろき》はそう念じながら、意を決して中に入る。

そこで真っ先に目が合ったのは、教卓付近《きょうたくふきん》で談笑《だんしょう》している数人の女子グループ――その中心にいる美優《みゆ》で。

「「………」」

登校時と同じように美優《みゆ》が目を逸《そ》らしたことで、広季《ひろき》はそのまま自分の席に向かう。

広季《ひろき》の席は、中央列の後ろから二番目。黒板に貼《は》られた座席表によれば、美優《みゆ》の席は窓際《まどぎわ》の前から三番目のようだ。つまり、近くも遠くもない距離《きょり》といったところだろうか。

ひとまず広季《ひろき》が自分の席に腰《こし》を下ろしたところで、美優《みゆ》を含《ふく》む女子グループの会話が耳に入ってきた。

「てかさー、みゅんの昨日のミンスタやばすぎっしょ！　超《ちょう》コメントついてたし、もはやプロだよねー！」

「えー、プロってなんのだし。まー、確かに通知はやばかったけど」

「つーか、アレは反則。昨日のみゅんは可愛《かわい》すぎなんだよ、天使か女神《めがみ》かよ」

「なんなら、その実物が今ここにいるんですけど」

「あー、そーいえばそうだったわ」

「「「あはははは！」」」

何がそんなに面白《おもしろ》いのか、とにかく大声で笑う女子集団。

ちなみに、『みゅん』というのは美優《みゆ》のあだ名だ。SNS上で活動する際のニックネームでもあるようで、どうやらかなりの有名人になっているらしい。

そのSNSの一つである、ミンスタ上の『みゅん』のアカウントを広季《ひろき》も覗《のぞ》いたことがあるが、凄《すさ》まじいフォロワー数に驚《おどろ》いたものだ。美優《みゆ》は周囲の誰《だれ》もが認めるほどに可愛《かわい》らしい容姿をしているが、それだけで有名になれるほど甘くはないはずである。

現に美優《みゆ》は独特のセンスというか、カリスマ性を持っている。チョイスする服装などもそうだが、時折どこかダウナーな表情をしたり、かと思えばキャピキャピとした華《はな》やかな笑顔《えがお》も見せる、そのキャラクター性の幅広《はばひろ》さも人気に影響《えいきょう》しているのだろう。

さらには、高校《こうこう》入学直後にオタク趣味《しゅみ》にも目覚めたらしく、コスプレ衣装《いしょう》を着た画像などを投稿《とうこう》していることも、話題性に繋《つな》がっているようだ。

そういうわけで、校内のみならず、今やすっかりネット上でもカリスマＪＫとして人気者になっている美優《みゆ》は、すでに広季《ひろき》の知る彼女とは様変わりした、いろいろな意味で遠い存在になっていた。

——と、そこで広季《ひろき》の知らない話題が耳に入ってきた。

「てかさ、みゅんちゃん今日配信やるんでしょ？　最近のうちのブームでさ、マジ楽しみにしてるから！」

「あー、それわたしも前に見たわ。めっちゃウケたー。今日もやるんだ」

美優《みゆ》が動画の配信活動をしているというのは、広季《ひろき》にとって初耳である。一体どんな内容なのか、広季《ひろき》も単純に興味が湧《わ》いたので、少し聞き耳を立ててみることにした。

「えー、私の配信、だいぶ地味じゃない？　内容もコスメの紹介《しょうかい》したり、ダラダラだべっているだけだったりするし」

「それがいいんじゃん！　癒《いや》されるっていうか、和《なご》むっていうか、テキトーに見ていられるのがさ。なのに恰好《かっこう》は派手で面白《おもしろ》いし、もうリピ確っしょ！　チャンネルの登録者数もどんどん増えてるしさ～」

「うわー、さっちゃんってば、私のファンみたいじゃん。なんか恥《は》ずかしいんだけど」

「みたいじゃなくて、ファンなんだって。なんならもう、サインでも貰《もら》っとこうかな。ほら、背中の辺りに」

「もぉ～、テキトーすぎ～」

「「「あはははは！」」」

大声でそんな話をしていたからか、他の生徒たちも「なになに、なんの話ー？」と徐々《じょじょ》に集まり始める。

そして気が付けば、教卓《きょうたく》の前には大勢の生徒が群がる状況《じょうきょう》となっていた。

（やっぱり、美優《みゆ》は輪の中心になるんだな）

その状況《じょうきょう》を、広季《ひろき》はしみじみと眺《なが》めていて。

先ほど配信活動を始めたと聞いたときには驚《おどろ》いたが、近頃《ちかごろ》の美優《みゆ》のアグレッシブな活動を耳にしていれば、なんら不思議なことではない。

これは帰ったときにでも視聴《しちょう》してみるかな、などと広季《ひろき》が考えていたら、ふと美優《みゆ》が視線を向けてきた。

目が合ったので、手を振《ふ》るべきかと広季《ひろき》が悩《なや》んでいる間に、再び美優《みゆ》は視線を逸《そ》らしてしまう。

こうした態度を取られることを、広季《ひろき》はさほど気にしていないが、やはり自由に話せないのは少しもどかしかった。

一応、広季《ひろき》と美優《みゆ》が同じ中学出身の幼馴染《おさななじみ》だということは、ある程度は周知されている。ただ、特別親しいわけでもない幼馴染《おさななじみ》として、だが。

交際関係については中学時代に付き合っていたときでさえ、そのことを周りには話していなかったので、基本的にバレる危険性はないだろう。

もしも付き合っていた当時に、クラスメイトたちに交際していることを話していたら、今頃《いまごろ》広季《ひろき》の周囲も騒《さわ》がしくなっていたに違《ちが》いない。その点は、堅実《けんじつ》だった昔の自分に感謝したいくらいだった。

広季《ひろき》がそんなことを考えているうちに、あちらの盛り上がりは最高潮になっていたが、そこで予鈴《よれい》が鳴り、群がっていたクラスメイトたちは蜘蛛《くも》の子を散らすように席へと戻《もど》っていく。

当然ながら、美優《みゆ》も窓際《まどぎわ》の自分の席に移動したが、今度は目が合うことはなかった。

◇

午後六時半。

広季《ひろき》は自室のＰＣモニターの前で待機していた。

配信サイトMoutube内で、『みゅん』の名前で検索《けんさく》した結果、すぐに美優《みゆ》のチャンネル──『みゅんチャンネル』は見つかり、本日七時に生配信が始まることがわかったからだ。

配信内容は雑談とのこと。すでに広季《ひろき》は視聴《しちょう》のオトモとしてポテトチップス（うすしお味）とコーラを準備済みで、あとは始まるのを待つだけという万全《ばんぜん》の状態である。

ここまでくると、広季《ひろき》は俄然《がぜん》楽しみになっていた。

二階建ての一軒家《いっけんや》である羽島家《はしまけ》では、広季《ひろき》の部屋は二階に位置する。両親が二階に上がってくれば気付くことができるし、ある程度のプライバシーは守られていると言えるだろう。──つまり、予期せぬ邪魔《じゃま》が入る可能性は低いのだ。

そして、いよいよ配信開始の時間になった。

そこで、画面に映った美優《みゆ》の姿を見たとき、広季《ひろき》は唖然《あぜん》としていた。

『こんばんみゅー、みゅんだよー。今日は憧《あこが》れのメイドコスを着てみましたー。ご主人サマ～とか言っちゃったりして』

キャッチーな挨拶《あいさつ》とともに説明した通り、美優《みゆ》はアニメなどで見るメイド服のコスプレをしていたのだ。それになぜだか、猫耳《ねこみみ》カチューシャを着けている。ミンスタ上でも時折コスプレ姿は披露《ひろう》していたものの、まさか動画配信でも着用するとは思わず、広季《ひろき》は開いた口がしばらく塞《ふさ》がらなかった。

しかも、見慣れたモノトーンの背景から察するに、配信場所はどう見ても美優《みゆ》の自室である。

以前までと違《ちが》うのは、美少女キャラクターのポスターやタペストリーが壁《かべ》に飾《かざ》られている他、テーブルの上にはコメント確認用《かくにんよう》なのか、ノートPCとタブレット端末《たんまつ》が置かれていた。

つまりは隣《となり》の家で、今実際に美優《みゆ》が配信をしているというわけで……。

「この恰好《かっこう》で、配信を続けるつもりか……？」

広季《ひろき》はようやく言葉を絞《しぼ》り出してから、その可愛《かわい》らしくもちょっとした気品を感じさせる姿をまじまじと見つめる。

この衣装《いしょう》は美優《みゆ》の自作なのだろうか。猫耳《ねこみみ》カチューシャや細部の刺繍《ししゅう》までこだわって作られたそのメイド服は、本格的というよりも、どこか身軽になるようアレンジを加えられているようだった。とはいえ、胸元《むなもと》の露出《ろしゅつ》は控《ひか》えているようで、そういうところも広季《ひろき》的《てき》にはポイントが高かった。

リアルタイムに投稿《とうこう》されていくコメントの数々では、ほとんどがメイド服と美優《みゆ》のビジュアルを絶賛するものばかりである。どうやらこれ目当てで視聴《しちょう》しにくる者も多いようだ。

『でさー、今日びっくりしたことがあって。いやね、何回か前の配信でも話したけどさ、私の元カレの話になるんだけどね』

——と、唐突《とうとつ》に『元カレ』というワードが美優《みゆ》の口から出て、広季《ひろき》は思わず画面に近づいた。

まさかこれから広季《ひろき》の話をするつもりなのか、それとも他に彼氏《かれし》を作った経験があるのか。

いずれにせよ、これより先の話を広季《ひろき》は聞き逃《のが》すわけにはいかない気がした。

コメント欄《らん》では【初耳】、【気になる】、【これ重いやつだ】等々、様々な形で盛り上がっている。

それを見たからか、美優《みゆ》は愉快《ゆかい》そうに笑いながら、

『そんな大したことじゃないんだけどさ、今日久々に顔を合わせてね。──ってか、コメントすごい盛り上がってるんですけど。なんか恥《は》ずいし、暑くなってきたよ。わー、暑い暑い』

気のせいか、広季《ひろき》の方まで暑くなってきた気がした。それに緊張《きんちょう》しているからか、変な汗《あせ》まで出てくる。

喉《のど》が渇《かわ》いたので、広季《ひろき》がコーラを口にしたところで美優《みゆ》は続きを話す。

『でね、今日学校帰りに一人で、いわゆる思い出の駄菓子屋《だがしや》に寄ってみたの。その元カレが喉《のど》に笛ラムネを詰《つ》まらせたとこ。あのとき本人はすっごい困ってたんだけど、もうずっとぴゅーぴゅー鳴ってるからおかしくって！　──で、なんか今日も笛ラムネ買ったよね、あはは』

「ごほっ、ごほっ……」

思わず広季《ひろき》はむせていた。

何せ、その出来事には身に覚えがあったからだ。駄菓子屋《だがしや》の場所も、喉《のど》に笛ラムネを詰《つ》まらせたことも全部、ちゃんと覚えている。

つまりこれは、間違《まちが》いない。

美優《みゆ》が話している『元カレ』とは、広季《ひろき》のことである。

（あいつ、あんな前のことをまだ覚えて……というか、どういうつもりで俺の話を？）

諸々《もろもろ》、広季《ひろき》は考えすぎて頭が混乱していたが、美優《みゆ》の方ではそろそろ別の話題に移るつもりのようだ。

『コメントの数すごいねー、みんな恋愛《れんあい》トーク好きなのかな？　苦手な人はごめんねー。それじゃあ次は――』

それからはおおよそ雑談と呼べる内容が続き、気が付けば配信も終盤《しゅうばん》に差し掛《か》かっていた。

話題も一段落ついたところで、どうやら次回のお知らせがあるようだった。

『今日もありがとー。それとね、新学期だし心機一転ってことで、次回はコラボ配信をしまーす。すっごく可愛《かわい》い子がくるから、みんな見に来てねー。そんじゃ、バイバイミュー』

そうして配信は終了《しゅうりょう》。

広季《ひろき》からすれば、あっという間の一時間であった。

今日は雑談配信とのことで、美優《みゆ》の日常的な出来事が独特の淡々《たんたん》とした語り口で展開されて、『癒《いや》される』というのも納得《なっとく》の内容だった。

けれど、やはり広季《ひろき》からすれば、『元カレ』に関するトークパートが一番気になったわけで。

その話をしているとき、美優《みゆ》は終始楽しそうに見えた。現に、そのときのコメントでは【まだ未練アリアリ】、【恋《こい》する女子だw】などと冷やかしのようなコメントもちらほらあったくらいで、周囲の目にも少なからずそういう風に映っていたようだ。

とにかく、どういう意図があって広季《ひろき》との思い出話をしたのか、広季《ひろき》はそれが気になった。

彼女が言うには、以前の配信でも元カレ——広季《ひろき》の話をしていたらしいので、過去のアーカイブもそのうち見てみようと思ったくらいである。

とはいえ、美優《みゆ》にとっては、話していること自体に特に意味などはないのかもしれない。

それを本人に直接尋《たず》ねてみるという手もあるが、疎遠状態《そえんじょうたい》が長いこともあり、正直あまり気が進まなかった。

ただ普段《ふだん》、素っ気ない態度を取られているだけに、広季《ひろき》は余計に気になってしまうのだった。

「次回はコラボ配信をするらしいしな」

そう口にはしたものの、広季《ひろき》はコラボ配信自体に興味があるわけではなく、なんとなく次回の配信も見てみようという気持ちになっていた。

自分に関する話が気になるのはもちろんだが、単純に美優《みゆ》——配信者みゅんの語り口が癖《くせ》になっていたのもあった。

◇

翌日、学校では美優《みゆ》の配信の話で持ち切りだった。

話題は主に美優《みゆ》の元カレについてである。ただ、そんな追及《ついきゅう》をされることも美優《みゆ》にとっては想定内だったのか、笑顔《えがお》でさらりと受け流すのみ。

やはり美優《みゆ》は輪の中心にいて、広季《ひろき》はそんな光景を遠目に見ながら眩《まぶ》しく感じていた。

それから数日が経《た》ち、再び美優《みゆ》の配信日がやってきた。

広季《ひろき》も新クラスに慣れ始めて、すでに会話をする友人が何人かできていたが、それとは別に、この日が来るのを密《ひそ》かに待ち望んでいたりもして。

夜になると再び相棒のポテチとコーラを用意して、自室のＰＣモニターの前で待機する。

そして、配信開始の時刻になった。

画面が切り替《か》わった途端《とたん》、広季《ひろき》は思わず「んなっ……⁉」と変な声を出してしまう。

『こんばんみゅー、みゅんだよー。みんな元気ー？』

今日の美優《みゆ》はコスプレ姿ではなく、モコモコとした部屋着を着用していた。ゆえに、広季《ひろき》が驚《おどろ》いたのはそこではない。

『今日はさっそくゲストの紹介《しょうかい》をしちゃうね、どーぞ』

さっそく美優《みゆ》から自己紹介《じこしょうかい》を振《ふ》られて、隣《となり》に座る茶髪《ちゃぱつ》の派手な容姿をした女子が弾《はじ》けた笑顔《えがお》で挨拶《あいさつ》する。

『みなさんどうもー、ゲストのちなってぃでーす！　……って、みんな知らないか。一応モデルとかやってまーす、よろしくー！』

軽いノリで陽気な自己紹介《じこしょうかい》を終えたコラボゲスト——ちなってぃに対し、コメントの反応

は【知らね】、【胸デカッ】、【かわいい】、【ギャルだ】等々、反応は様々。知名度はないようだが、華《はな》やかなそのルックスに盛り上がっていた。

緩《ゆる》くウェーブのかかった栗色《くりいろ》の髪《かみ》をポニーテールにして、メイクをばっちり決めた顔は大人びて見える。服装は黒のニットセーターに白のタイトパンツ。相当なバストサイズを誇《ほこ》っており、セーターの胸元《むなもと》がだいぶ盛り上がって見えた。これはコメントが盛り上がるのも頷《うなず》ける。

けれど、熱気を帯びたコメント欄《らん》とは対照的に、広季《ひろき》は顔を青ざめさせて寒気すら感じていた。

（どうして、千夏《ちなつ》さんがここに……）

なぜなら、そのゲスト――ちなってぃこと長谷寺《はせでら》千夏《ちなつ》もまた、広季《ひろき》の元カノだからだ。

千夏《ちなつ》と交際をしていたのは去年の夏頃《なつごろ》。出会いは広季《ひろき》が高校《こうこう》入学を機に始めた、バイト先のカフェである。

一つ年上で他校に通う先輩《せんぱい》アルバイターの千夏《ちなつ》から告白されて、二人は付き合うことになったのだが、その後に些細《ささい》なすれ違《ちが》いがあって別れたのだった。

その年上の元カノが、なぜだかもう一人の元カノの配信にゲストとして登場したのだ。二人の元交際相手である広季《ひろき》の動揺《どうよう》は凄《すさ》まじかった。

（二人は知り合いだったのか？　いつから？　そもそも、どうして二人で配信に……？）

理解が追いつかずにパニックを起こす広季《ひろき》をよそに、画面の二人は小気味よく会話を続けていく。

『ちなってぃのことは元々雑誌で知ってて、前からファンだったんだよね』

『でも、みゅんちゃんにいきなり声をかけられたときはびっくりしたよー。まあみゅんちゃんの動画を見たときの方がよっぽど驚《おどろ》いたけどね、主に恰好《かっこう》とか。今日は普通《ふつう》みたいだけど』

『今回はコラボ配信だし、その辺は自重しないとね。というか、あれ？　ちなってぃもコスに興味あったりする？』

『いや全然』

『あはは、バッサリ～』

どうやら二人は波長が合うようで、聞いている側もどことなく笑いを誘《さそ》われる。

と、そこで千夏《ちなつ》が思いついたように手を叩《たた》いて言う。

『そういえばあたしたち、意外な共通点もあったりしてね』

『えーっと……その辺りはまあ、追々って感じで』

千夏《ちなつ》の口から出た『意外な共通点』というワード、そしてそれを聞いたときの美優《みゆ》の気まずそうな反応からして……どう考えても、広季《ひろき》からすれば自分が関係していることに思えてならなかった。

だいたい美優《みゆ》と千夏《ちなつ》、二人の共通点と言われても、真っ先に思いつくのは『広季《ひろき》の元カノ』ということぐらいだ。二人は通っている学校も違《ちが》うし、少なくとも広季《ひろき》と千夏《ちなつ》が付き合っていた頃《ころ》には、あの二人に面識はなかったはずである。

それにそもそも、どういった経緯《けいい》で千夏《ちなつ》が美優《みゆ》の配信にゲスト出演することになったのか。

単純にその意図や理由が広季《ひろき》は気になった。

とはいえ、そんなことを配信上で暴露《ばくろ》されても困るのだが。

（まさか、俺の名前を出したりはしないよな……？）

広季《ひろき》がそんな心配をした矢先、

『てかみゅんちゃん、この配信って、ひーくんは見て――』

『ちょっ、ちなってぃ、さすがに名前出しはアウトだってば！』

『あ、そっかそっか。じゃあ、今のはナシってことで』

その意味深なやりとりに、コメント欄《らん》はざわめき立つ。この瞬間《しゅんかん》、他の視聴者《しちょうしゃ》と広季《ひろき》の心がリンクした気がした。

端的《たんてき》に言って、広季《ひろき》の心中もざわついていたからだ。

千夏《ちなつ》が口にした『ひーくん』というのは、彼女が付けた広季《ひろき》のあだ名だ。

つまり実名ではないものの、広季《ひろき》の存在がより具体的に配信上に出てしまったわけで。

ここで今さらながら、広季《ひろき》は実感する。そもそも同じ場所に二人の元カノが揃《そろ》った時点で、いつ爆弾発言《ばくだんはつげん》が飛び出してもおかしくないことを。

広季《ひろき》は冷《ひ》や汗《あせ》をダラダラとかきながら、何も起こらないことを神頼《かみだの》みするような気持ちで、画面を食い入るように見た。

とはいえ、その後はこれといった問題発言はなく。

どうやら美優《みゆ》と千夏《ちなつ》が共通の相手――広季《ひろき》の元カノであることは、この配信上で公表するつもりはないようだ。

それでも広季《ひろき》はヒヤヒヤしていたものの、以降は平穏《へいおん》なトークが続くのみで、配信は終盤《しゅうばん》に入った。

『もう終わるよー。――ってことで、ちなってぃは今日の配信どうだったかな？』

『すっごく楽しかったよ～！　見てくれてるみんなもありがと！　でも正直、まだまだ話し足りないかな～』

『お～、乗り気だね、よかった。――それじゃ、最後にお知らせ。なんと次の配信でも可愛《かわ》い子とコラボをすることになったから、みなさんお楽しみにー。バイバイミュー』

『ばいばーい』

そうして配信は終了《しゅうりょう》したが、この最後に告げられた『お知らせ』の内容に、広季《ひろき》が動揺《どうよう》しないはずもなかった。

この流れでいくと、次の配信のゲストには見当がつく。

それも困りどころだが、そもそもどうして美優《みゆ》は他の元カノを自分の配信に呼ぶのか。全くもって意図が理解できないし、何より爆弾発言《ばくだんはつげん》がいつ飛び出してもおかしくない状況《じょうきょう》を、広季《ひろき》は黙《だま》って静観することはできなかった。

「こうなったら、聞くしかないよな」

ゆえに、広季《ひろき》は決意する。

このチャンネルの配信者である、美優《みゆ》本人に直接尋《たず》ねることを——。

◇

翌朝。

広季《ひろき》は美優《みゆ》と話をしようと思い、いつもより早めに家を出た。

昨夜、メッセで『配信のことで聞きたいことがあるから、朝か放課後に時間がほしい』と連《れん》絡《らく》を入れておいたのだが、返信がなかったからだ。

そうして待つこと十分ほどで、美優《みゆ》が家から出てきた。

目が合うなり、美優《みゆ》は少し驚《おどろ》いてみせたが、すぐさま視線を逸《そ》らして先を行こうとする。

「おはよう。あのさ、昨日の配信のことで話があるんだけど」

広季《ひろき》が呼び止めるように声をかけると、美優《みゆ》は気怠《けだる》そうに振《ふ》り返った。

「それでわざわざ待ってたんだ？　でも悪いけど、誰《だれ》かに見られたら変な誤解をされるかもしれないし、こういうのはやめてほしいっていうか」

「いや、家の前なんだし、それはべつに平気だろ。というか、メッセは見てないのか？」

「ん？　──あ、ごめん、通知切ってたから気付かなかった」

「そうですか……」

通知を切るほどに美優《みゆ》から嫌《きら》われているのかと思い、広季《ひろき》は若干《じゃっかん》落ち込んでしまう。

ただ、今はそれどころではないので、ひとまず本題を続けることにする。

「で、本題なんだけど。昨日の配信、あれは一体どういうつもりだ？」

「どういうつもりって？　べつに普通《ふつう》でしょ」

「いや、普通《ふつう》じゃないだろ。俺との話を配信内でするのはまあ、仕方ないとして。千夏《ちなつ》さんと俺の関係を、その、まさか知らないで呼んだわけじゃないんだろ？」

「さあ？　どうだろうね」

からかうように美優《みゆ》は言うと、そのまま歩き出す。どうやらこれ以上は答えるつもりがないようだ。

「なら、最後に教えてくれ。次の配信に呼ぶゲストって──」

そこで美優《みゆ》は足を止めて、ムッとしてみせる。

「それはダメ。情報はどこから漏《も》れるかわからないし、たとえ知人相手にだって、内容の先出しは一番やっちゃダメなやつでしょ。ってわけで、気になるなら配信を見にきてくださーい」

ひらひらと手を振《ふ》りながら、美優《みゆ》は軽口を叩《たた》くように言う。そしてなぜだか上機嫌《じょうきげん》にスキップをしながら去っていき、その背を見送った広季《ひろき》は小さくため息をついた。

先ほどの美優《みゆ》の態度には正直イラッとしたものの、言っていることは一理あるので、言い返すことができなかった。

「知人、か」

今の美優《みゆ》にとって、広季《ひろき》は幼《おさな》馴染《じみ》扱《あつか》いすらできないというわけだ。

そのことを妙《みょう》に寂《さび》しく思いながら、広季《ひろき》も学校へと向かうことにした。


それから数日が経過した。今日は再び美優《みゆ》の配信日である。

べつに配信者本人に煽《あお》られたからというわけではないが、広季《ひろき》は今回も見逃《みのが》す気はさらさらなかった。

ここまでくれば、見届けない方が後に引きずりそうだし、何よりも単純に好奇心《こうきしん》が湧《わ》いていたからだ。

前回予告した通り、本日もゲストを呼んでのコラボ配信となるようだが、広季《ひろき》には相手の見当がおおよそ付いている。

ゆえになおさら緊張《きんちょう》しながらも、広季《ひろき》はＰＣモニターの前でポテチを片手に待機していた。

そして配信開始の時刻を迎《むか》え、画面が切り替《か》わり——

部屋着姿の美優《みゆ》の隣《となり》には、予想通りの人物が座っていた。

『みなさーん、こんばんみゅー。みゅんだよー。ところで視聴者《しちょうしゃ》のみなさんは、妖精《ようせい》や天使は好きですか？　私は好きです。――というわけで、さっそくゲストの紹介《しょうかい》なんだけど、もうリアルに妖精《ようせい》というか、もはや天使かも。ってわけで、どうぞ！』

美優《みゆ》から『妖精《ようせい》』、もしくは『天使』と称《しょう》されたゲストの少女は、自己紹介《じこしょうかい》を促《うなが》されたことで口を開く。

『こんばんは。えっと、かののんといいます。高一です。今日はよろしくお願いします』

そうして今回のコラボゲスト――かののんは、遠慮《えんりょ》がちに自己紹介《じこしょうかい》を終える。

長い黒髪《くろかみ》を二つ結びにして、大きな丸目のあどけない顔立ちと、新雪のように白い肌《はだ》。ぱっと見では中学生と思えるほどに小柄《こがら》で華奢《きゃしゃ》なスタイルも相まって、まさしく天使や妖精《ようせい》とでも称《しょう》したくなるほどの美少女であった。

そしてさらに言えば、制服姿である。さすがに校章の入ったブレザーは着用していないものの、リボン付きの白いブラウスにチェックのスカートとニーハイソックスを合わせた制服姿は、画面で見ると逆に浮世離《うきよばな》れしたようなインパクトを与《あた》えた。

これには当然のように、コメントも湧《わ》いている。中には目にするのも躊躇《ためら》うほどの熱狂的《ねっきょうてき》なものもあり、その反響《はんきょう》ぶりが窺《うかが》えるほどである。

とはいえ、かののんは別に芸能人というわけではない。だからこそ、【誰《だれ》だかわからん】と困惑《こんわく》するコメントもあり、美優《みゆ》がコラボした意図は視聴者《しちょうしゃ》には伝わっていないようだった。

そして意図がわからないのは、広季《ひろき》も同じであり。

違《ちが》うのは広季《ひろき》にとってかののんこと、藤野花音《ふじのかのん》は予想通りのゲストであり、すなわち彼女もまた、広季《ひろき》の『元カノ』であるということだけだった。

ゆえに、

「美優《みゆ》のやつ、ほんとに何を考えてるんだよ……」

広季《ひろき》は思わず独り言をこぼしながら、頭を抱《かか》えていた。

そこで美優《みゆ》が視聴者《しちょうしゃ》にフォローをしようと口を開く。

『かののんは、前回のちなってぃみたいに芸能人ってわけじゃないんだけど、個人的にずっと興味があった子でね。私たちの関係をわかりやすく言うと～……』

そこで言葉に詰《つ》まる美優《みゆ》。

ここで止まられると、広季《ひろき》としては嫌《いや》な予感を抱《いだ》かずにはいられないわけだが。

『先輩《せんぱい》と後輩《こうはい》、ですよね』

そのとき、花音《かのん》がにこやかにフォローを入れる。

『そうそう、それそれ！　私たち、同じ学校の先輩《せんぱい》と後輩《こうはい》なんだよね』

『はい。わたしが一つ年下で、みゅん先輩《せんぱい》の後輩《こうはい》なんです』

二人が同じ学校の先輩後輩《せんぱいこうはい》の関係だという情報が公開されただけで、コメント欄《らん》がさらに湧《わ》き立つ。

　その勢いは、見ていて怖《こわ》いくらいだった。

『にしても、かののんは可愛《かわい》いね』

『なんですか、いきなり。最初の紹介《しょうかい》のときもそうでしたけど、そういうのは照れるのでやめてほしいです！』

　頬《ほお》を赤らめながら、ぷんすかとむくれる花音《かのん》の姿に、コメント欄《らん》はさらに過熱する。

　中には【かののんあざとい】というコメントもあり、それを目にしたらしい花音《かのん》はムッとしてみせて、

『むぅ。じゃあわたしはどう反応したらいいんですか？　教えてほしいです！』

　これには【そのままでいいよ！】、【あざと可愛《かわい》い！】などとコメントが大盛り上がりして、美優《みゆ》も愉快《ゆかい》そうにニヤついていた。

　──と、ここまではおよそコラボ成功といえる流れであったのだが、かののんの特技についての話題になったところで空気が変わる。

『かののんはバレエをやってるんだよね。しかもすごいって聞いたよ』

『いえ、わたしなんか全然。この通り身長が低いので、表現をもっと磨《みが》かないといけなくて』

『バレエって身長が関係するんだ？』

『はい、そうなんです。なので、このままわたしが続けたとしても、プロになるのは厳しいのですが……それでも、わたしはできる限り続けたいと思っています。わたしのバレエを見て、

ある先輩《せんぱい》が「バレエをしているときが一番生き生きしてるよ」って言ってくれたので』

『へ、へぇ。その先輩《せんぱい》は、かののんにとって大事な人なんだね』

『はい！　とっても大事な人ですっ！』

花音《かのん》は興奮した様子で、身を乗り出して言う。

その勢いには、さすがに美優《みゆ》も気圧《けお》されているように見えた。

そして広季《ひろき》もまた、別の意味で固まっていた。

たった今、花音《かのん》の話に出た『バレエをしているときが一番生き生きしてるよ』と言った先輩《せんぱい》というのが、まさしく広季《ひろき》その人であったからだ。

そもそも、二人が付き合うことになったきっかけは、花音《かのん》からの告白だった。

どこで知ったのか、広季《ひろき》が美優《みゆ》と別れてすぐに、花音《かのん》が告白をしてきたのだ。花音《かのん》は中学時代の入学式の日に迷っていたところを広季《ひろき》に助けられたことで一目惚《ひとめぼ》れをしたらしく、どうやら二人が別れるタイミングをずっと狙《ねら》っていたらしい。

ただ、美優《みゆ》と別れたばかりということもあり、広季《ひろき》はその告白を断った。しかし、それから半年以上の間、花音《かのん》から何度も告白を受けるうちに、とうとう広季《ひろき》は根負けする形で付き合うことになったのである。

しかし、その交際関係も長くは続かず。

別れのきっかけは、花音《かのん》が幼少期から続けていたバレエに支障が出たことであった。

そして別れ際《ぎわ》に、広季《ひろき》が花音《かのん》に伝えた言葉が、『花音《かのん》ちゃんはバレエをしているときが一番生き生きしてるよ』というものだったわけで……。

そんな過去を広季《ひろき》が思い返しているうちに、すでに画面上の美優《みゆ》は調子を取り戻《もど》したようで、再び花音《かのん》とのトークを盛り上げていた。

コメントには件《くだん》の『先輩《せんぱい》』が男かどうかを尋《たず》ねるものもあったが、その辺りには触《ふ》れずにスルーを決め込むつもりらしい。

それからは何事もなく進み、配信は終盤《しゅうばん》に入る。

『かののん、今日はどうだった？』

『こういう配信とかって初めてで、最初は緊張《きんちょう》していたんですけど、慣れてからはとても楽しかったです。みなさんも今日はお付き合いしてくださって、本当にありがとうございました』

花音《かのん》の挨拶《あいさつ》が終わると、美優《みゆ》からのお知らせに移る。

広季《ひろき》としては、ようやくハラハラドキドキの胃が痛い時間が終わるかに思われたのだが、美《み》優《ゆ》の言葉を聞いて愕然《がくぜん》とした。

『実は、こうやって二回も連続でコラボ配信をしたのには理由があってね。その辺りも含《ふく》めて、次回の配信でなんと重大発表があります！　ってことでみんな、バイバイミュー』

『さようなら～』

そうして、配信は終了《しゅうりょう》した。

広季《ひろき》からすれば、最後に美優《みゆ》から特大の時限爆弾《じげんばくだん》を残されたような気分であった。

これが釣《つ》り目的なら美優《みゆ》は凄《すさ》まじい策略家だが、広季《ひろき》にとってろくな内容じゃないのは間違《まちが》いなさそうである。

「……見るしかない、よな」

ゆえに、広季《ひろき》の中で次回のみゅんチャンネルの配信も視聴《しちょう》が決定したのだった。

◇

週が明けて。

学校では、先日の配信がすごい反響《はんきょう》を呼んでいた。

何せ、前回のゲストで登場したかののんこと藤野花音《ふじのかのん》は、同じ学校の新入生だからである。

もともと社交的で可愛《かわい》らしい花音《かのん》は、すでに校内の有名人であった。それがもう一人の有名人である美優《みゆ》と一緒《いっしょ》に配信活動をしたのだ。周囲が食いつかないはずがなかった。

花音《かのん》が質問攻《しつもんぜ》めを受けているという話は、広季《ひろき》のいる二年の教室まで届くほどで。大ごとになっている光景が目に浮《う》かぶようである。

そしてそれは、美優《みゆ》も同じだった。

朝からクラスメイトのみならず、他クラスや他学年の生徒まで教室に来て、美優《みゆ》に対していろいろと根掘《ねほ》り葉掘《はほ》り尋《たず》ねようとする。

その光景は遠目に見ているだけでも騒《さわ》がしいもので、とにかく忙《せわ》しない状況《じょうきょう》であった。

こんな状況《じょうきょう》になっている二人に対して、さすがに広季《ひろき》まで配信の意図を尋《たず》ねる気にはならず。

そもそも、美優《みゆ》からは先日はぐらかされている時点で、真意を説明してもらえる可能性は低いので、ひとまず次の配信を待つことに決めた。


それから日にちは瞬《またた》く間《ま》に過ぎていき、ようやく校内の状況《じょうきょう》も落ち着いた頃《ころ》。

土曜日——いよいよ美優《みゆ》が予告した配信日となった。

今回は『重大発表』があるとのことで、なんとなく嫌《いや》な予感はしていたが、それでも広季《ひろき》の心中は意外にも穏《おだ》やかであった。

というのも、広季《ひろき》がこれまでに付き合った相手は美優《みゆ》、千夏《ちなつ》、花音《かのん》の三人。

つまり、広季《ひろき》の『元カノ』はすでに全員が配信に出尽《でつ》くしているのだ。

ゆえに新たな企画《きかく》の発表だとか、今回はそういった別ベクトルのサプライズが用意されているのではないかと、広季《ひろき》は考えを改めていた。

そうして配信開始の時刻である午後三時を迎《むか》えて。

切り替《か》わったＰＣの画面を見た広季《ひろき》は、ただただ絶句していた。

なぜなら、画面には——

『『『どうも！　これからこの三人で活動していきます、《ＭＩＣＨＩＫＡ》です！』』』

　三人の美少女——美優《みゆ》・千夏《ちなつ》・花音《かのん》の姿があったのだ。三人は声を揃《そろ》えて挨拶《あいさつ》をしてから、笑顔《えがお》で手を振《ふ》っている。

　座っている位置は中央に美優《みゆ》、画面から見て右に花音《かのん》、左に千夏《ちなつ》という位置取りで。

　彼女たち三人は、《ＭＩＣＨＩＫＡ》というグループを結成して、これからは三人組の配信者として活動していくという。グループ名は大方、三人の頭文字《かしらもじ》から取ったものだろう。

　ちなみにグループの結成を意識してか、服装は三人とも白いＴシャツで統一しており、胸元《むなもと》には各々《おのおの》の頭文字《かしらもじ》が『み』、『ち』、『か』とひらがなでプリントされていた。

　そんな光景を目《ま》の当たりにしたことで、顔面蒼白《そうはく》になる広季《ひろき》をよそに、現在のチャンネル主である美優《みゆ》が説明を続ける。

『というわけでね、コラボ配信が続いてからのグループ結成になりました。視聴《しちょう》してくれているみなさんの中には予想してたよって人もいれば、驚《おどろ》いたよって人もいると思うんだ。とりあえず、前回の配信の最後に言った重大発表っていうのは、このグループ結成のことです』

　この場合、広季《ひろき》は間違《まちが》いなく後者で、完全に予想外の事態に頭の中が真っ白になっている状態であった。

確かにこれまでの流れからすれば、今の状況《じょうきょう》は十分に想定できるものである。

現に、コメント欄《らん》でも【やっぱり!】、【待ってた】といった内容が散見される。

しかし、それでも広季《ひろき》が『元カノ三人が揃《そろ》う』という事態を想定できなかったのは、この状《じょう》況《きょう》だけは絶対に起こってほしくない——という、いわば願望が影響《えいきょう》した結果に他ならないだろう。

そして、その淡《あわ》い願望が打ち砕《くだ》かれた広季《ひろき》は、完全に思考をショートさせていた。

その間にも、美優《みゆ》は近況《きんきょう》を織り交ぜながら、状況《じょうきょう》を整理するように説明を続ける。

どうやら今後も美優《みゆ》一人での配信活動はこのチャンネルで続けていくようで、三人組グループ——《MICHIKA》のチャンネルは、後日改めて作成するとのことだった。

『——とまあ、私だけが長々と話すより、みんなでワイワイ語った方が楽しいと思うし、そろそろ改めて自己紹介《じこしょうかい》もしないとだよね。それじゃあ、どーぞ』

と、初めに美優《みゆ》から自己紹介《じこしょうかい》を振《ふ》られたのは千夏《ちなつ》で。

『みなさん改めまして〜、どうも!《MICHIKA》のにぎやか担当、ちなってぃでーす。こう見えてもコーヒーはブラックで飲めちゃいまーす、これからよろしくね☆』

千夏《ちなつ》の自己紹介《じこしょうかい》に対し、美優《みゆ》と花音《かのん》がすかさず口を挟《はさ》む。

『いやちょっと待って、担当とか決めてたっけ?』

『わたしも初耳です』

『あはは、今決めてみた～』

『一応事前に打ち合わせはしたのに、ちなってぃが自由すぎる……』

『ボケ担当の間違《まちが》いじゃ……』

そんなまさしく、にぎやかな三人のやりとりにコメント欄《らん》も盛り上がっている。

『じゃあそういうことで、次はツッコミが鋭《するど》い子どうぞ～！』

雑な振《ふ》られ方をした花音《かのん》は少々不満そうにしながらも、笑顔《えがお》に切り替《か》えて向き直る。

『みなさんこんばんは、ツッコミ担当のかののんです。この中では最年少なので、ぜひ甘やかしてもらえると嬉《うれ》しいです。よろしくお願いします』

しなを作るように、花のような笑顔《えがお》で花音《かのん》は自己紹介《じこしょうかい》を済ませる。

視聴者《しちょうしゃ》の反応は【あざと可愛《かわい》い！】、【甘やかすに決まってる！】、【腹黒そうだけどそこがいい！】等々、花音《かのん》のキャラ位置はそちらの方面で定着しそうであった。

それから花音《かのん》は手振《てぶ》りによって、美優《みゆ》の番に回す。

すると、美優《みゆ》は神妙《しんみょう》な面持《おもも》ちになって口を開く。

『こんばんみゅー、みゅんだよ。最後になったけど、私的にはこの二人と一緒《いっしょ》に活動することになって、とってもワクワクしているっていうか……その……』

言葉に詰《つ》まる美優《みゆ》に対し、他二人が視線を向ける。

その視線に後押《あとお》しされるようにして、美優《みゆ》が言葉を続ける。

『えっと、とにかく楽しい動画や配信をみんなに届けていきたいです！　あと、私もできれば甘やかしてほしい！　担当は、うーん……考えとく！　宿題！　ってことで、よろしくー』

なんとか自己紹介《じこしょうかい》を終えた美優《みゆ》に対して、千夏《ちなつ》と花音《かのん》が何やら付け加えるように言う。

『リーダーとかでいいんじゃない？』

『わたしもそれがいいと思います』

『え、そんなんでいいの？　っていうか、私がリーダーなの？』

こくり、と頷《うなず》く二人。

そしてコメント欄《らん》も、【リーダー！】、【みゅんちゃん一択《いったく》】と肯定《こうてい》する内容で溢《あふ》れていた。

それらを確認《かくにん》した美優《みゆ》は画面に向き直って、照れくさそうに言う。

『じゃあ今決まったんだけど、私がリーダー担当になりました。……引っ張っていくぞー』

『『おー』』

――という風に、ぐだぐだなやりとりが一段落して。

この辺りになると、広季《ひろき》もようやく現実を受け止め、頭を働かせられるようになっていた。

これまで自分が付き合った相手――元カノが三人揃《そろ》って、配信活動をしていく。

それが現実で、決定事項《けっていじこう》なのだと。

ひとまず今は、現在進行形で何かしらの問題が起こる可能性があることに目を向けようと思った。

たとえば、生配信中に三人のうちの誰《だれ》かが元カレ——広季《ひろき》の名前を口にしたりだとか。

「頼《たの》むから、何も起きないでくれ！　神様がいるなら、どうかお願いします！」

そんな独り言をこぼしながら、広季《ひろき》は頭を抱《かか》える。もはや神頼《かみだの》みをするしかない状況《じようきよう》だったからだ。

それから《ＭＩＣＨＩＫＡ》の三人は今後の目標や、やってみたいことなどを話していき、視《し》聴者《ちようしや》のコメントに答えたりもして、初回の配信としてはスタンダードな流れで進んでいく。

その間、まるで広季《ひろき》の願いを天が聞き入れたかのように、神経をすり減らすような出来事は何も起こらなかった。

計二回のコラボ配信ではヒヤヒヤすることがあったものの、なんだかんだで大きな問題は起こらずに済んだのだ。もしかすると、それほど心配する必要はないのかもしれない。

そうして配信開始から一時間ほどが経《た》った頃《ころ》には、広季《ひろき》は楽観的に考えるようになっていて、自然と《ＭＩＣＨＩＫＡ》の和気あいあいとしたトークを楽しめるようになっていた。

『それじゃあ、そろそろ今回の配信も終わろっか』

『だねー』『はい』

晴れてリーダーになった美優《みゆ》が締《し》めに入ると、千夏《ちなつ》と花音《かのん》も同調する。

終了《しゆうりよう》を悔《く》やむコメントも多数投稿《とうこう》されており、それに答えるように美優《みゆ》が言う。

『大丈夫《だいじようぶ》だよ、またすぐに配信する予定だから。これからいろんな動画も投稿《とうこう》していくつもりだし、お楽しみに。今後の定期的なスケジュールはSNSで発信するから、ぜひ確認《かくにん》してね。それじゃ——』

『『『バイバーイ』』』

最後は《MICHIKA》の三人が声を揃《そろ》えて挨拶《あいさつ》し、手を振《ふ》りながら配信は終了《しゅうりょう》——

「ん？」

——終了《しゅうりょう》、したはずだった。

だが、いつまで経《た》っても画面が切り替《か》わらない。だというのに、三人ともカメラ目線をやめて『おつかれー』と言い合ってから、思い思いに姿勢を崩《くず》し始めたではないか。

『いやー、それにしてもびっくりしたよ。まさか初カノさんから直接アポがくるなんてね』

そして千夏《ちなつ》の口から、主に広季《ひろき》が耳を疑うような言葉が飛び出した。

それどころか、花音《かのん》までもが同調し始める。

『わたしも驚《おどろ》きました。みゅん先輩《せんぱい》って、結構変わった人ですよね』

『えー、そうかな？　まあ、なるべく即断即決《そくだんそっけつ》するようにはしてるけど』

すっかり気の抜《ぬ》けた様子で返答する美優《みゆ》を見て、千夏《ちなつ》は呆《あき》れながらも言う。

『けど、さすがに店の前で待っていたときには変な声が出たからねー？』

『それはごめんって。しっかり事務所を通して、アポを取るのも考えたんだけど。それか、そっちの学校まで行くとか』

『うわ、行動力が鬼過《おにす》ぎるでしょ……』

『さすがにどうかと思います……』

『いや、考えただけだから！　実際、やる前に思いとどまったわけだし』

千夏《ちなつ》も花音《かのん》も、呆《あき》れるような目で美優《みゆ》を見つめている。

そんなシュールな光景を、広季《ひろき》は目にしながら自然と呟《つぶや》く。

「おいおい、冗談《じょうだん》だろ……？」

我が目を疑いながらも、ちらとコメント欄《らん》を見遣《みや》ると、物凄《ものすご》い勢いでコメントが投稿《とうこう》され続けていた。

どのコメントも現状がドッキリなのかヤラセなのか、それとも本物のハプニングが発生したのか判断が付いておらず、それでも楽しんでいるような内容ばかりであったが、やはり千夏《ちなつ》から美優《みゆ》に向けられた『初カノ』発言について言及《げんきゅう》するものが多かった。

中には【配信切り忘れてない？】と注意を投げかけるものもあったが、画面上の三人は気付く素振《そぶ》りも見せない。

スーッと、嫌《いや》な汗《あせ》が広季《ひろき》の背中を伝う。

現状、これは間違《まちが》いなく『ハプニング』であると、広季《ひろき》だけは確信していた。

なぜなら広季《ひろき》の知る三人は、ヤラセ企画《きかく》をこうして自然にできるほど、器用ではないはずだからだ。

現に、先ほど千夏《ちなつ》が口にした『初カノ』発言にも、美優《みゆ》はツッコミや注意をしていない。

つまり今は、三人とも『オフモード』であるということだ。

すなわち、限りなくプライベートに近い会話が繰《く》り広げられる状況《じょうきょう》というわけで、それはつまり、爆弾発言《ばくだんはつげん》も平気で飛び出す可能性が高くて……。

『──でさ、ぶっちゃけ今、みゅんちゃんはどう思ってるの？　ひーくんのこと』

「んなっ⁉」

そこでさっそく、千夏《ちなつ》の口から『ひーくん』呼びが飛び出した。

この話題はまずい。非常にまずい。こうなってくると、広季《ひろき》の実名が出るのも時間の問題と言えるだろう。

何よりすでに、三人の元交際相手が共通人物であることを示唆《しさ》しているようなものである。

それにこれは、彼女たちのプライバシーにも関わる問題だ。もしも配信が繋《つな》がった状態の今、誰《だれ》かが学校名や本名を口にすれば、よからぬ問題に発展する可能性も十分にある。

考えろ、考えろ、どうにかする方法を今すぐ考えるんだ──と広季《ひろき》が思考を巡《めぐ》らせる間にも、三人の会話は続いていく。

『えー、どうして急に？　そういう流れだったたっけ？』

『それ、わたしも気になります。このメンツが揃《そろ》ったら、オフではこの話題になるのが必然かと。以前に聞いたときには、はぐらかされましたし』

『かののんまで……。べつに、今はどうも思ってないっていうか……』

言葉を濁《にご》す美優《みゆ》に対して、千夏《ちなつ》と花音《かのん》がじーっと視線を向ける。

その視線に耐《た》えかねたように、美優《みゆ》はため息交じりに口を開く。

『まあ、時々は寂《さび》しくなるよ。あのお節介《せっかい》がなくなるとさ。……でも、終わったことだし』

『あはは、これガチのやつだ～』

『やっぱりまだ、先輩《せんぱい》のこと……』

(美優《みゆ》のやつ、そんな風に思って……って、違《ちが》うだろ⁉　この状況《じょうきょう》は本当にまずいって！)

つい広季《ひろき》も聞き入ってしまったが、内容はすでに生々しくなってきている。

さすがに視聴者《しちょうしゃ》たちも本物のハプニングだと察したらしく、コメントはさらに勢いづいていた。

ひとまず広季《ひろき》はスマホを取り出して、三人宛《あ》てに『配信が繋《つな》がったままだから今すぐ切るんだ！』とメッセを送信する。

だが、画面に映る三人はスマホを確認《かくにん》する素振《そぶ》りも見せず。

三人ともスマホをマナーモードにしているのか、そもそも広季《ひろき》からの通知を切っているのかは知らないが、どうやらこの方法では効果がないらしい。

せっかく思いついた方法が失敗したことで呆然《ぼうぜん》とする広季《ひろき》をよそに、オフトークはさらに続いていく。

『だから、違《ちが》うって。私はもうあいつのことはどうも思ってないってば。そういう二人の方こそ、どうなの？』

『んー、あたしは完全に自分の問題だからね～。でも相手がお節介《せっかい》というか、あんまり紳士《しんし》すぎるのも困りものだとは思ったかな～。ひーくんってほら、無自覚系のモテ男子だし』

美優《みゆ》から話を振《ふ》られて、しみじみと語る千夏《ちなつ》。

そんな二人を見て、花音《かのん》はやれやれと肩《かた》を竦《すく》めてみせた。

『お二人はそういう感じなんですね。その点、わたしは特に不満はありませんでしたよ』

『へぇ～、一つも？』

『だったらすごいけど、アレに不満がなかったの？』

『……まあ、強《し》いて言うなら、たまに子供扱《こどもあつか》いされるのは困りましたけど』

『あはは、やっぱりあるよねー、そういうの。あたしはそれを聞けてホッとしたよー』

『よし、今日は三人揃《そろ》っての初配信だったわけだし、こうなったらお疲《つか》れ会も兼《か》ねて、とことん語っちゃおうか！』

『『おーっ』』

「――おーっ、じゃないだろ!?」

広季《ひろき》は反射的にツッコミを入れてしまったが、もう手段を選んでいる場合じゃない気がしていた。

「ああもう！　配信の切り忘れなんてベタなアクシデントで、俺の平穏《へいおん》な学生生活を終わらせてたまるかよ！」

いよいよ傍観者《ぼうかんしゃ》のままではいられなくなった広季《ひろき》は、なりふり構っていられず、自室の窓を開けて身を乗り出す。

そして距離《きょり》にして一メートルはある隣《となり》の水沢家《みずさわけ》――美優《みゆ》の部屋にまで腕《うで》を伸《の》ばし、ギリギリで窓の縁《ふち》に掴《つか》まると、必死になって窓を叩《たた》きながら叫《さけ》んだ。

「――おいっ！　配信が繋《つな》がったままだぞっ！　今すぐ切るんだ！　聞こえてるか⁉」

バンバンバンと平手で勢いよく窓を叩《たた》きながら、広季《ひろき》はありったけの大声で訴《うった》えかける。

すると、最初は三人とも何事かと驚《おどろ》いて固まっていたが、事態に気付いた美優《みゆ》が慌《あわ》てて動き出す。

『あっ、ごめんねっ、今度こそバイバイミュー！』

そして美優《みゆ》は律儀《りちぎ》に別れの挨拶《あいさつ》を告げてから、動画の配信を切った。

横目に自室のＰＣを見て配信が切り替《か》わったことを確認《かくにん》した広季《ひろき》は、ふぅと安堵《あんど》のため息をついたが、そこで目の前の窓が開いた。

「なにやってんの」

眼前に立つ美優《みゆ》は明らかに不機嫌《ふきげん》そうな顔で仁王立《におうだ》ちしていて、後ろには千夏《ちなつ》と花音《かのん》の姿も見えた。

この場合は不幸中の幸いというべきか、やはり配信場所は美優《みゆ》の自室だったらしい。

ひとまず難を逃《のが》れた（？）ことを喜びたいところだが、今はそれどころじゃなかった。

「……とりあえず、手を貸してくれないか？　もう、腕《うで》が限界なんだ……」

「はぁ。最悪」

そうしてひとまず、広季《ひろき》は美優《みゆ》に引っ張られる形で部屋に上がるのだった。

◇

「やっぱり、配信場所は自分の部屋だったんだな」

久々に入った幼馴染《おさななじみ》の部屋を見回しながら、広季《ひろき》は感心するように言ってみせる。

モノトーンカラーを基調にした室内は一人部屋にしては広く、インテリアはベッドや化粧《けしょう》棚《だな》にPC用テーブルなど、基本はシンプルにまとまっているが、壁《かべ》に飾《かざ》られたキャラ物のタペストリーやポスター、それに所々に置かれた美少女フィギュアが異様な雰囲気《ふんいき》を作っていた。

ただまあ、広季《ひろき》が気になっているのはそこではない。

現在、広季《ひろき》の目の前には、美優《みゆ》と千夏《ちなつ》と花音《かのん》——これまで付き合ったことのある元カノ三人が勢揃《せいぞろ》いして座っているのだ。実際に目にするその光景は、まさに圧巻の一言だった。

やはり皆《みな》、とてつもなく可愛《かわい》い。実物の方が画面越《がめんご》しよりもさらによく見える。

とはいえ、それを喜べるほどに広季《ひろき》も呑気《のんき》ではなく。

はっきり言えば、今すぐこの場を立ち去りたい気分であった。何せ、どの相手とも互《たが》いに納《なっ》得《とく》をした上で別れたとはいえ、どこまで行っても『元カノ』なのだから。

彼女たちの心中にはまだ明かしていない不平不満があってもおかしくないし、単純に気まずさを覚えてしまう。

「「「……………」」」

現に、三人とも気まずそうに視線を逸《そ》らしているので、広季《ひろき》もどう反応すればいいのか戸惑《とまど》っていた。

けれど、いつまでもこうしているわけにもいかないと思い、広季《ひろき》は口を開く。

「あのさ、動画配信のことなんだけど」

そう切り出すと、三人ともちらと視線を向けてくる。

それを確認《かくにん》した広季《ひろき》は言葉を続ける。

「まず俺個人の意思表示をさせてもらうと、水沢《みずさわ》さんたちが三人で配信活動をすることには反対だ」

「──ッ！」

再び気まずそうに視線を逸《そ》らした二人とは違《ちが》い、美優《みゆ》だけはキッと睨《にら》みつけてくる。

「どうして？　羽島《はしま》くんには関係ないでしょ」

「関係はあるよ。このメンバーだと、今回みたいに俺の名前が出るリスクが高まるだろ」

「迷惑《めいわく》、って言いたいの？」

直球で尋《たず》ねてきた美優《みゆ》に対して、広季《ひろき》は視線を逸《そ》らして答える。

「まあオブラートに包まないなら、そういうことになる。それに単純な話、気まずいっていうのもあるし」

「じゃあ見なきゃいいのに」

「いや、普通《ふつう》は知ったら気になるだろ……。それに、クラスであんなに騒《さわ》がれていたら、なおさら無視はできない」

広季《ひろき》が真っ当な意見を伝えると、美優《みゆ》はムッとしながら膝《ひざ》に顔を埋《う》める。

その仕草は、いつも美優《みゆ》が拗《す》ねたときに見せるものだった。この癖《くせ》は変わっていないようだ。

けれど、美優《みゆ》はすぐに顔を上げて、

「けど、こっちだってあとには引けない。さっきのハプニングで、私たちの路線はもう決まったから」

「どういうことだ？」

首を傾《かし》げる広季《ひろき》を見て、美優《みゆ》はしたり顔で微笑《ほほえ》んで言う。

「これから私たち《ＭＩＣＨＩＫＡ》は、同じ相手と付き合っていたことのある、元カノ三人組配信者としてやっていくってこと」

「なっ……そんなのって、アリなのか？」

まさかの衝撃的《しょうげきてき》な発言に、広季《ひろき》は動揺《どうよう》していた。

確かに、美優《みゆ》たち三人が同じ相手と付き合っていたことはもはや周知の事実となってしまったが、それを大々的な看板にするとは、予想外にもほどがある。

そこで美優《みゆ》はなおも笑《え》みを浮《う》かべたまま答える。

「最初の摑《つか》みとしてはむしろ大アリでしょ。元カノ会みたいで話題性があるしね。それに私たちの共通点といえばそこだけだったから、むしろ隠《かく》す必要がなくなって、今後は伸《の》び伸《の》び活動ができそうだし」

「千夏《ちなつ》さんと花音《かのん》ちゃんは、納得《なっとく》できるのか？」

思わず二人に尋《たず》ねると、どちらも小さく頷《うなず》いてみせる。

「一度やるって言ったからには、ちゃんとやってみたいんだよね。問題が起きたのは、あたしたちにも責任があるし」

「わ、わたしも同意見です。……それに、先輩《せんぱい》との思い出は、べつに後ろめたいものじゃないですから」

「二人とも……」

「これで納得《なっとく》してくれた？」

二人からの同意も得られたことで、美優《みゆ》が強気に出てくる。

しかし、広季《ひろき》の意見はあくまで変わらない。

「納得《なっとく》はできない。そもそも、俺の実名が出る危険性があることに変わりはないわけだし」

「それは……」

美優《みゆ》のみならず、千夏《ちなつ》と花音《かのん》もバツが悪そうにする。

そこで広季《ひろき》は立ち上がって言う。

「あと正直に言えば、三人のプライバシーの心配もしているけど、それに関しては俺が口を出すことじゃないんだよな。──だから、もう一度よく考え直してほしい。その上でやるっていうなら、俺はもう何も言わないよ」

伝えるべきことは伝えたので、広季《ひろき》は部屋を後にする。

厳しい意見にはなったが、三人を心配している気持ちも本心からだ。

ゆえに、自分のことも含《ふく》めて、もう一度ちゃんと考え直してほしいと広季《ひろき》は思っていた。

──ブーッ。

広季《ひろき》が自室で勉強をしていると、スマホが新着のメッセを受信した。

相手は美優《みゆ》で、自宅近くにある公園に来てほしいという内容だった。あれから一時間ほどが経《た》っているし、すでに話し合いは済んだということだろう。

呼び出しに応じる旨《むね》をメッセで伝えてから外に出ると、日は暮れ始めていた。

のどか公園という名のその公園は、徒歩で数分もかからない距離《きょり》にある。

とはいえ待たせるのも悪いので、急いで向かうと、美優《みゆ》が一人でブランコを漕《こ》いでいた。他の遊具は滑《すべ》り台《だい》とジャングルジム、それに動物のスプリング遊具ぐらいしかない小さな公園だからか、他に人の姿は見当たらなかった。

「話し合いは済んだみたいだな」

広季《ひろき》が近づくなり声をかけると、美優《みゆ》はブランコを止めて立ち上がる。

そして真《ま》っ直《す》ぐに見つめてくると、小さく頷《うなず》いてみせた。

「二人とも、私の提案に乗ってくれたよ」

「提案って？」

首を傾《かし》げる広季《ひろき》に対し、美優《みゆ》は真剣《しんけん》な表情になって告げる。

「どれだけ私たちが気を付けて配信するって言っても、羽島《はしま》くんは納得《なっとく》しないと思う。だから決めたの。――いっそのこと、羽島《はしま》くんにもグループに加わってもらおうって」

「……え？」

あまりにも予想外な内容を告げられたことで、広季《ひろき》の頭はショートしかけてしまう。

そんな広季《ひろき》に向けて補足をするように、美優《みゆ》は言葉を続ける。

「と言っても、羽島《はしま》くんまで動画に出るわけじゃないよ。あくまでマネージャーとして、私たち《ＭＩＣＨＩＫＡ》の活動をサポートしてもらおうって話だから」

「いや、俺が聞きたいのはそういうことじゃなくて……というか、どういう流れでそんな話になったんだ？」

「だって、羽島《はしま》くんは実名バレするのが心配なんでしょ？　だったら羽島《はしま》くんがそばでサポートしてくれればいいじゃん、と思って。どう、名案でしょ？」

ドヤ顔で名案とやらを口にする美優《みゆ》。

だが、広季《ひろき》からすれば、迷走《めいそう》しているようにしか思えず。

「確かにそうすれば、誤爆《ごばく》したりする確率は減るかもしれない。でも、そもそも俺が一緒《いっしょ》にいることと自体がリスクになるんじゃないか？」

「そこも含《ふく》めて、羽島《はしま》くんがサポートしてくれればいいでしょ。――ていうか、単純に私たちと一緒《いっしょ》にいるのが気まずくて拒否《きょひ》ろうとしてない？」

「当然それもある。何せ、全員元カノだからな」

「うわー、否定しないどころか開き直ってきた」

「そっちこそ、俺とは一緒《いっしょ》にいたくなかったんじゃないのか？」

半ば売り言葉に買い言葉を返すと、美優《みゆ》はむすっとしてみせる。

「いつ私がそんなこと言った？」

「言ってはないけど、同じようなものだろ。他人行儀《たにんぎょうぎ》な態度で名字呼びにして、基本は話しかけるなとかさ」

「それは……そういう意味じゃないっていうか」

途端《とたん》にモジモジとし始めた美優《みゆ》を見て、広季《ひろき》の方まで調子を狂《くる》わされてしまう。

「はあ……？　よくわからないけど、とにかく俺はマネージャーなんかやらないぞ。生憎《あいにく》、嫌《いや》がっている元カノに付き纏《まと》うような趣味《しゅみ》は持ち合わせていないからな」

「どうしても？」

「しつこいぞ」

「そう」

思いのほか簡単に引き下がったな、と広季《ひろき》は感心していたのだが、そこで美優《みゆ》は腕組《うでぐ》みをしながら空々しく言う。

「なら、今後は一切《いっさい》口出しナシね。羽島《はしま》くんのためにと思ったけど、断られたなら仕方ない。それに今私も気を付けるけど、あの二人をどこまでコントロールできるかはわかんないな〜。それに今よりも有名になったら、実名バレのリスクは大きくなるだろうな〜。——ま、そこそこにがんばりまーす」

「おい、その態度は完全にやらかす気だろ……」

「さあ〜、どうだろ？　でも羽島《はしま》くんは言ったよね、『よく考え直した上でやるっていうなら、俺はもう何も言わないよ』って」

「ぐっ……そりゃあ、言ったけどさ」

今さらながら、広季《ひろき》は自分の言葉を後悔《こうかい》する。

美優《みゆ》を相手にするには、少々甘すぎたかもしれないと。彼女の執念深《しゅうねんぶか》さを完全に侮《あなど》っていた。

ゆえに、広季《ひろき》は観念しつつも、今のうちに気になったことを確認《かくにん》しておくことにする。

「この際だから、三つほど聞かせてほしい。——まず水沢《みずさわ》さんと、それに千夏《ちなつ》さんも花音《かのん》ちゃんも、俺が一緒《いっしょ》に活動することに文句はないんだな？」

「ないってば。そもそも二人には私が提案したことだし、二人とも一発オッケーだったよ」

即答《そくとう》されたことで、広季《ひろき》は意外に思いながらも問いを続ける。

「ならそれと、これは俺の好奇心《こうきしん》というか、単純に気になったことなんだけど……千夏《ちなつ》さんや花音《かのん》ちゃんが俺の元カノであることを、水沢《みずさわ》さんは知っていて声をかけたんだよな？　二人のことは話してなかったはずだけど、どういう経緯《けいい》で知ったんだ？」

この問いにも、美優《みゆ》はすぐさまさらっと答えてみせる。

「まあ、気になるよね。答えは簡単っていうか、たまたま羽島《はしま》くんが二人とデートをしてるところを見かけたからなんだけど」

「そういうことか……」

「近所であんなにイチャつかれたら、そりゃあ嫌《いや》でもわかるっていうか。だから別れた時期もわかりやすかったし。一人は同じ学校の有名な後輩《こうはい》で、もう一人は可愛《かわい》いと思ってたモデルさんだったから、顔を見ただけですぐにぴんときたよ。さすがに最初は驚《おどろ》いたけど」

「なるほど……」

自分で聞いておいてなんだが、この情報は広季《ひろき》にとって恥《は》ずかしいものだ。あまり屋外で目立つ行動はしていなかったつもりだが、確かに家の近所で遊ぶことも多かったわけで。

気まずく思う広季《ひろき》を見て、美優《みゆ》は少し苛立《いらだ》った様子で尋《たず》ねてくる。

「それで？　あともう一つあるんでしょ」

「あ、ああ。——なら最後に、三人で動画配信を始めたきっかけとか目的があれば、俺にも教えてほしいんだけど」

その問いに、美優《みゆ》は数秒ほど考え込んでから顔を上げる。

「私があの二人と配信をしようと思ったのは、単純に面白《おもしろ》くなりそうだと思ったから。羽島《はしま》くんの元カノ同士だし、価値観も合うかなって。それと目的ってよりは目標だけど、配信者として有名になって、人気者になりたいと私個人は思ってるよ。あとの二人には自分で聞いて」

——面白《おもしろ》くなりそうだと思ったから。

その言葉は、広季《ひろき》の心もワクワクさせた。

それに、美優《みゆ》個人ではあるものの、明確な目標があるなら応援《おうえん》したいとも思った。

ゆえに美優《みゆ》の言葉を聞いて、広季《ひろき》の心は決まった。

「……わかったよ。やればいいんだろ、やれば」

そう告げた途端《とたん》、美優《みゆ》の顔がパァッと華《はな》やぐ。

「マジ？　やった！」

喜びのあまりはしゃぐ美優《みゆ》は、そのまま笑顔《えがお》で言う。

「これからよろしくね、広季《ひろき》！」

「えっ？　今、下の名前で呼ばなかったか……？」

「呼んだけど？　同じ仲間になるなら、話はべつ。どうせ関わることになるんだし、より成果を残せる方にシフトしていかないとね。それに、あの二人も散々呼びまくってるし」

あっけらかんと美優《みゆ》は答えてみせる。

その様子に拍子《ひょうし》抜《ぬ》けさせられながらも、広季《ひろき》は懸念《けねん》を口にする。

「でも、いきなり下の名前で呼ぶようになったら、学校で怪《あや》しまれるんじゃないか？」

「それはそれ。広季《ひろき》と私が幼《おさな》馴染《じみ》で同中だってことはみんな知ってるし、同じクラスになったんだから、ちょっと仲良くなったって説明すれば平気でしょ」

「そういうものかな……」

「そういうものなの！　ほんと、細かいところは相変わらずだよね」

「そっちこそ、大雑把《おおざっぱ》なところは変わらないよな」

「むぅ、うるさい。いきなり彼氏面《かれしづら》しないでよ！」

なぜだか美優《みゆ》は顔を真っ赤にして、あっかんべーをしてくる。

そしてそのまま、タタタと走り去ってしまった。
「いや、どちらかというと、今のは幼《おさな》馴染面《じみづら》だと思うんだけど……」
言いながら、広季《ひろき》は自然と笑《え》みを浮《う》かべていた。
何はともあれ、疎遠状態《そえんじょうたい》だった幼《おさな》馴染《じみ》との関係が少し修復できたのだ。
おかげで、のちほど起こるであろう問題には、今ぐらいは目を瞑《つぶ》っておこうと思えた。
というわけで、広季《ひろき》は三人組配信者《ＭＩＣＨＩＫＡ》のマネージャーに着任となったのだった。

二章　あざとい距離感《きょりかん》

波乱から一夜明けて。

この日は日曜日ということで、正午から駅前のカフェに集まることになった。

とはいえ、千夏《ちなつ》は急遽《きゅうきょ》雑誌モデルの撮影《さつえい》が入ったらしく、美優《みゆ》と花音《かのん》、それに広季《ひろき》を加えた三人でミーティングを始めることになったわけだが。

「……あのさ、なんかものすごく見られてないか？」

「「…………」」

広季《ひろき》が気にする通り、店内に入って席に着くなり、周囲からはやたらと視線を向けられていた。

それでも美優《みゆ》と花音《かのん》はすんと澄《す》ました顔で、各々《おのおの》が頼《たの》んだ飲み物に口を付けている。

こうして周囲から注目を集めている理由はいくつか考えられるが、まず一つは私服姿の二人がとても目立つということだ。

美優《みゆ》はだぼっとしたグレーのトレーナーにデニム生地《きじ》のショートパンツを合わせていて、頭には黒のキャップを被《かぶ》り、変装のつもりか縁《ふち》の大きな伊達眼鏡《だてめがね》をかけており、カジュアルながら可愛《かわい》らしい。

対照的に、花音《かのん》は白のニットに桜色のフレアスカートといった上品かつガーリーなコーデで、春らしさを前面に出していた。

そんな二人はなぜだかむすっとしていて、はっきり言えば空気が悪かった。ちなみに、広季《ひろき》がどうしてギスギスしているのかを尋《たず》ねても、どちらもすぐには答えてくれず。

とはいえ、この空気の悪さこそが、注目を集めている最大の理由と言えるだろう。

何せ、傍《はた》からすれば今の光景は、二股男《ふたまたおとこ》が怒《いか》れる恋人《こいびと》たちに囲まれる『修羅場《しゅらば》』に見えるからである。

そんな雰囲気《ふんいき》を少しでも緩和《かんわ》しようと思い、広季《ひろき》は話題を振《ふ》ってみることに。

「そういえば、生配信って今日もやるんだよな？　内容は、結成の挨拶《あいさつ》的《てき》なやつだったか」

「それと、昨日のハプニングの謝罪もね」

なんとか美優《みゆ》が返答してくれたことに、広季《ひろき》はホッとしながらも話を続けようとする。

「またあの部屋でやるんだろ。で、その前にいろいろと相談しておこうってわけだ」

「みたいですね。ちい先輩《せんぱい》は少し遅《おく》れるらしいですが」

今度は花音《かのん》が答えてくれた。広季《ひろき》は調子づいてさらに話を続けようとする。

「なら、俺たちで先に良《い》い案を考えておかないとな。それでどうしようか、二人とも」

「「……………」」

ここで会話のチョイスを誤った。つい、話題を広げたいがために二人へ同時に質問をしてしまったのだ。これではまた黙《だま》り込まれるパターンに陥《おちい》るだろう。

それと、周りから向けられる視線は一向に変わっていない。今も修羅場《しゅらば》を見る目のままである。

ゆえに、これ以上この場にいるのが居たたまれなくなった広季《ひろき》は、勢いよく立ち上がって提案する。

「なあ、場所を変えないか？」

「「どこに？」」

二人とも息ぴったりに、視線だけ向けて尋《たず》ねてくる。

「えーっと、それは……俺たちといえばの場所だよ！」

「「え？」」

というわけで、場所を移して。

三人は美優《みゆ》の部屋に来ていた。わざわざ飲み物（オレンジジュース）と種類豊富なお菓子《かし》まで用意されていて、話し合いの準備は万端《ばんたん》である。

「でも、結局私の部屋って。三人だとそこそこ狭《せま》いんだけど」

「いや、美優《みゆ》の部屋はだいぶ広いし、まだまだ余裕《よゆう》だろ」

「かもしれないけどさぁ、広季《ひろき》も安直だよね」

「呼び方、変えたんですね」

そこで花音《かのん》が不思議そうに言う。

すると、美優《みゆ》は含《ふく》むように微笑《ほほえ》んで、「まあ、いろいろあったしね？」と広季《ひろき》に対して話を振《ふ》ってきた。

「そうだな、単純にわだかまりがなくなったというか。正直よくわかってないんだけどさ」

「へー」

クッションを抱《だ》きしめながら、花音《かのん》がジト目を向けてくる。これは明らかに不満があるときの顔である。

カフェにいたときよりも幾分《いくぶん》か会話が生まれるようになったが、それでもやっぱり空気が悪いことに変わりはない。

そこで広季《ひろき》はふと、二人がギスギスしている原因に思い至った気がした。

漠然《ばくぜん》とだが、元カレである自分が関わっているのではないかと思ったのだ。具体的に言えば、元カレに各々《おのおの》が抱《いだ》く嫉妬心《しっとしん》により、対立構造が生まれていることなどを想像した。

すでに好意はなくとも、目の前で元カレと他の相手——それも他の元カノが親しげにしていれば、そういう感情が生まれてもおかしくないと思ったからだ。

ゆえに、広季《ひろき》は覚悟《かくご》を決めて口にする。

「もしかして二人とも、俺のことで変な空気になっているのか？　だったら――」

「「えっ？」」

「えっ？」

二人は揃《そろ》ってきょとんとしている。あまりにも予想外なその反応に、広季《ひろき》までもがきょとんとしてしまった。

「……違《ちが》うのか？」

ひとまず美優《みゆ》の方を見て尋《たず》ねると、すぐさま首を縦に振《ふ》ってみせる。

「全然違《ちが》うというか、的外れというか」

「あー、そうか……」

どうやら勘違《かんちが》いだったとわかり、恥《は》ずかしさからうずくまる広季《ひろき》。

そんな広季《ひろき》を見て、美優《みゆ》はぷっと吹《ふ》き出すと、花音《かのん》も揃《そろ》って笑い出した。

「お、おい、笑うなよ……」

「あはは、だって」

「ひろ先輩《せんぱい》ったら、わたしたちが先輩《せんぱい》を取り合ってギスギスしてると思ったんですか？」

「そこまでは思ってないけど、他の元カノと話しているのを見ていい気分はしないかなと思って。べつに、突拍子《とっぴょうし》もない話じゃないだろ」

自意識過剰《じいしきかじょう》ですっかり恥《はじ》さらしになってしまった広季《ひろき》は、半ばやけくそになって続ける。

「でもじゃあ、どうして二人はピリピリというか、ギスギスした空気になっていたんだよ。いい加減に説明してもらわないと、俺はもう帰るからな」

　すると、美優《みゆ》が愉快《ゆかい》そうに笑《え》みを浮《う》かべながら言う。

「ごめんってば、ちゃんと説明するよ。──私たち、実は次に投稿《とうこう》する動画の内容でぶつかっちゃってさ。意見の食《く》い違《ちが》いっていうの？　昨日の夜に、ちなってぃも入れた三人でビデオ会議をしたんだけど、全然決まらなくて、それを今日になっても引きずっていたってわけ」

「動画の、内容……」

　言われて合点がいく。

　この二人に千夏《ちなつ》を加えた三人組──《ＭＩＣＨＩＫＡ》は動画の配信や投稿《とうこう》をするために活動を始めたわけだから、ぶつかる内容もそれに準じたものになるのが普通《ふつう》なわけで。

　それをあくまで『元カノの集まり』として捉《とら》えていた広季《ひろき》は、まずそういう考えには至れなかったのだ。

　無意識にではあるものの、広季《ひろき》は自分が彼女たちのやる気を侮《あなど》っていたのだと知り、心底申し訳なく思った。

　改めて自分の考えの浅はかさに恥《は》ずかしくなり、広季《ひろき》は赤面しながらも頭を下げる。

「悪かった、変な勘違《かんちが》いをして。みんな、本気で動画の配信活動をやりたくて集まっているんだもんな。その辺りの認識《にんしき》が欠けていたよ」

「いや、私たちだって、まだちゃんと広季《ひろき》に経緯《けいい》とか説明してなかったし」

「そうですよ、こういうことはこれからお互《たが》いに知っていけばいいと思います」

「ありがとう、二人とも」

「べ、べつに、お礼を言われるほどのことじゃないっていうか……」

「いいや、それでも嬉《うれ》しいよ」

そこでなぜだか目を輝《かがや》かせた花音《かのん》は、前のめりになって言う。

「それにしても、ひろ先輩《せんぱい》はやっぱり素敵《すてき》ですね。自分の非をすぐに認められるところとか、とっても男らしくて尊敬します」

「はは、そうかな。花音《かのん》ちゃんにそう言ってもらえると嬉《うれ》しいよ。でも、ちょっと照れくさいかな」

「ふふ、照れてる先輩《せんぱい》も可愛《かわい》いですよ？」

「可愛《かわい》いはやめてくれって。ますます照れるからさ」

「じゃあ〜、わたしの心の中で勝手に思っておきますね。でも今日は、どうせなら先輩《せんぱい》のお部屋に行ってみたかったな〜」

「いや、さすがにそれは——ひぃっ⁉」

自然と二人の世界ができ始めていたところで、広季《ひろき》は現実に引き戻《もど》される。

なぜなら、美優《みゆ》がゴミを見るような目を向けてきていたからだ。つい先ほどまでは穏《おだ》やかな空気だったはずなのに、一転して寒気すら感じるほどである。

美優《みゆ》は花音《かのん》にも視線を向けたものの、花音《かのん》は素知らぬ顔で視線を逸《そ》らしていた。

（あれ？　あながち、俺の予想も外れていないんじゃや……）

などと広季《ひろき》が一瞬《いっしゅん》でも考えてしまう程度には、張《は》り詰《つ》めた雰囲気《ふんいき》である。

しかし、美優《みゆ》は咳払《せきばら》いをすると、気持ちを切り替《か》えた様子で話し始めた。

「まあとりあえず、方向性とか経緯《けいい》とか、それに『ルール』も含《ふく》めて、今日は広季《ひろき》にみっちり叩《たた》き込むつもりだから」

と思ったが、相変わらずゴミを見るかのような目をしていて。

「あ、ああ、了解《りょうかい》だ」

「それと、時間に余裕《よゆう》があったらいくつか動画も撮《と》り溜《だ》めしておきたいから、一応頭の隅《すみ》にでも置いといて」

「わかった」

そうして、さっそく美優《みゆ》による説明が始まった。

まず、動画の撮影《さつえい》は基本的にスマホで行うということ。

それと生配信以外にも、定期的に動画の投稿《とうこう》をして、視聴者《しちょうしゃ》の定着を狙《ねら》うのが恒常的《こうじょうてき》なスケジュールになるということ。

他にも撮影中《さつえいちゅう》の注意点や動画の編集作業についてなど、様々なことをすごい勢いで美優《みゆ》から説明されて、広季《ひろき》の頭の中はすでにパンク寸前になっていた。

「――っていうのが、ひと通りの基本的な説明。何か質問は？　感想でもいいけど」

「いやまあ、なんとなくは理解したけど、動画《どうが》撮影《さつえい》って大変なんだと思ったよ」

「まあね。もっと詳《くわ》しい話は、それこそ動画サイトにわかりやすく説明してくれているのがいっぱいあるから、そっちを参考にして」

「了解《りょうかい》だ」

続けて美優《みゆ》が真剣《しんけん》な表情で言う。

「で、ここからさらに大事な話があるんだけど」

「ルールについてか？」

「そ。広季《ひろき》も含《ふく》めた、私たち四人のルールね。かののんも改めてになるけど聞いて」

広季《ひろき》と花音《かのん》が頷《うなず》いてみせると、美優《みゆ》が話を続ける。

「まず、私たち《ＭＩＣＨＩＫＡ》の三人は、恋愛禁止《れんあいきんし》の方向でいくからそのつもりでよろしく」

堂々と告げた美優《みゆ》の発言に、広季《ひろき》は驚《おどろ》いていた。

そんな広季《ひろき》の顔を見たからか、美優《みゆ》は補足をするように言う。

「っていうのも、昨日の騒動《そうどう》で《ＭＩＣＨＩＫＡ》のグループコンセプトは、『同じ相手に恋《こい》をした元カノ三人組配信者』に定まったわけだから、そこを安易にぶらすのはよくないと思ってね」

グループのコンセプトが『同じ相手に恋《こい》をした元カノ三人組配信者』、というのは昨日にも聞かされたことだが、その相手である広季《ひろき》にとってはどうにもむずがゆくなる話であった。

ただ、そこを抜《ぬ》きにすれば、とても理に適《かな》っているルール決めではあるだろう。

その上で、ふと広季《ひろき》は思ったことを尋《たず》ねてみる。

「あのさ、そもそもそのコンセプトってもう決定なのか？」

「そのつもりだけど、不満？」

「不満というか、ちょっと生々しすぎるんじゃないかと思ってさ。実は昨日の夜に俺の方でも少し調べてみたんだけど、普通《ふつう》はアイドルとかのコンセプトって、宇宙から来たとか天使の生まれ変わりだとか、そういうぶっ飛んでいるユニークなものから、ゴシックみたいにわかりやすいジャンルや世界観をコンセプトにしたものが多いだろ。そういうポップな方が、多くの人に受け入れられやすいんじゃないかと思って」

「「………………」」

広季《ひろき》が意見を伝えると、なぜだか二人ともぽかんとしていた。

これは何か素人意見《しろうといけん》でよからぬことを言ったかと思い、広季《ひろき》は気まずそうに視線を逸《そ》らす。

「悪い、余計な意見だったよな。べつに俺自身も元のコンセプトが嫌《いや》ってわけじゃないから、今のは忘れてくれ」

「余計とか、そんな風には思ってないって。ただ、広季《ひろき》がそうやって調べてくれてるとは思わなくて、ちょっと驚《おどろ》いたというか」

美優《みゆ》は歯切れが悪く言うと、すぐさま仕切り直すように咳払《せきばら》いをする。

「でもまあ、参考にはなるけど、あくまでコンセプトは元のままでいきたいの。他のコンセプトだとどうしても付け焼き刃《ば》になるっていうか、取って付けた感が強くなりそうで」

「元のは、そうはならない自信があるってことか？」

「うん。……私たちが広季《ひろき》と付き合ったのは、本当のことだし」

説明役の美優《みゆ》が照れくさそうに言うものだから、なんだか広季《ひろき》の方まで恥《は》ずかしくなってくる。

それは花音《かのん》も同じだったようで、室内は変な空気になっていた。

その空気を払拭《ふっしょく》するように、美優《みゆ》は顔を真っ赤にしながら続ける。

「も、もちろん、昔の話だけど！　今はもうぜんっぜん、まったく、これっぽっちも広季《ひろき》のことなんかどうも思ってないし！　――ねっ？」

勢いよく美優《みゆ》が同調を求めると、花音《かのん》はワンテンポ遅《おく》れてから、

「わたしはお二人と違《ちが》って、振《ふ》られた側なので」

澄《す》ました顔で、さらりと意味深なことを言ってのける花音《かのん》。

そのせいで、場の空気は再び凍《こお》り付く。

そこで美優《みゆ》は広季《ひろき》の方をキッと見つめてから、身を乗り出して尋《たず》ねてくる。

「広季《ひろき》はどう？　実は私たちの誰《だれ》かに未練とかあったりするの？　その辺り、今のうちに聞かせてよ」

美優《みゆ》は半ば意地になっているようにも見えるが、その辺りは花音《かのん》も気になっている様子。

ゆえに、広季《ひろき》はありのままの正直な思いを告げることにした。

「いや、大丈夫《だいじょうぶ》。三人に未練とかそういうものは持ってないよ」

それを聞いた美優《みゆ》はすとんと座り込んで、「だ、だよね」と気まずそうに答えるのみ。

花音《かのん》に関しては目を見開いたまま固まっているし、どうにも空気がおかしい。

そんな二人を安心させる意図で、広季《ひろき》はさらに告げる。

「当たり前だろ。じゃないと、新しく彼女を作ったりはしないって」

「「えっ⁉　彼女いるの（んですか）⁉」」

その瞬間《しゅんかん》、二人ともすごい形相で身を乗り出してきて。

あまりの勢いに、広季《ひろき》は完全に気圧《けお》されながらも訂正《ていせい》する。

「い、いや、今恋人《こいびと》がいるとかそういう話じゃなくて……その、美優《みゆ》と別れてからは花音《かのん》ちゃんと付き合ったし、そのあとには千夏《ちなつ》さんと交際しただろ。もしも俺が過去のことを引きずっているのなら、新しく恋人《こいびと》を作ったりはしないって話でさ。つまりは、俺なりにちゃんと割り切っているって伝えたかったんだ」

「『なんだ、そういうこと……』」

それを聞いた二人は途端《とたん》に落ち着いて、脱力《だつりょく》しながらぺたんと座り込む。広季《ひろき》が予想した反応とは大きく異なったが、どうやら意図は伝わったらしい。

なんとか気を取り直した美優《みゆ》が深呼吸をしてから、再び広季《ひろき》の方へと向き直ってくる。

「まあ、それなら何も心配はいらないってことね。知っての通り、私たちのコンセプトは三人のうち誰《だれ》か一人でも付き合えば、崩《くず》れちゃうものだから」

そう言われて、広季《ひろき》の中に一つ疑問が生まれる。

「でも、グループのコンセプトって『同じ相手に恋《こい》をした元カノ三人組配信者』だよな？　それなら、元カレと復縁《ふくえん》でもしない限りは、恋愛《れんあい》をしても問題はないんじゃないか？」

その疑問に対して、美優《みゆ》はふっと微笑《ほほえ》んでみせる。

「そういうのはね、印象が大事なの。せっかくのコンセプトなんだから、やっぱり尖《とが》らせないともったいないでしょ」

「……というと？」

いまいちピンときていない広季《ひろき》に対し、美優《みゆ》は呆《あき》れながらも説明を続ける。

「確かに厳密に言えば、新しく恋人《こいびと》ができたとしてもコンセプトの意には反さないけど、それだと元カノとしての未練が際立《きわだ》たないでしょ。それに活動が続けば、今の恋人《こいびと》を大切にしていないってことで、アンチが湧《わ》く原因にもなるじゃん。実際、私だってそんな尻軽女《しりがるわんな》を応援《おうえん》したいとは思わないし」

「尻軽女《しりがるおんな》って、ひどい言い様だな」

苦笑《くしょう》する広季《ひろき》を見て、美優《みゆ》は苛立《いらだ》たしげに言う。

「じゃあ、広季《ひろき》は応援《おうえん》したくなるの？　新しい恋人《こいびと》ができたのに、元カレの話を平気でするような女のことなんか」

「それは……まあ、人によるかな。正直、美優《みゆ》たちの内の誰《だれ》かがそうなったら、俺は応援《おうえん》すると思うし」

広季《ひろき》が素直《すなお》に思ったことを伝えると、美優《みゆ》はバツが悪そうに視線を逸《そ》らした。

「そっか、そうだよね。広季《ひろき》はそういう人だった」

「やっぱり、知り合いは贔屓《ひいき》したくなるからな」

「うん、そういうとこ嫌《きら》いじゃない」

もう何度目かの微妙《びみょう》な空気になったところで、広季《ひろき》は花音《かのん》からジト目を向けられていることに気付く。

「花音《かのん》ちゃんもさ、何か不満があるなら遠慮《えんりょ》なく言ってくれ。美優《みゆ》からは俺が加入することを二人もオッケーしてくれたって聞いたけど、そもそも俺がこの活動に参加すること自体、特殊《とくしゅ》だとは思うからさ」

そう促《うなが》すと、花音《かのん》は頬《ほお》を赤らめながら口を開く。

「わ、わたしは、嬉《うれ》しいですよ。ひろ先輩《せんぱい》とまたこうして、お話ができるわけですし。本当は学校でもお話がしたいなと思っていたくらいなので」

「そうか、ありがとう。それにしても、花音《かのん》ちゃんがうちの高校《こうこう》に来るって知ったときは驚《おどろ》いたよ。俺もそのうち声をかけに行こうと思っていたんだ」

「ふふ、嬉《うれ》しいです。でも、わたしたちが以前にお付き合いをしていたことは内緒《ないしょ》なので、ひろ先輩《せんぱい》がうちの教室に来たら、どうして二年生の先輩《せんぱい》がわざわざ挨拶《あいさつ》に？　って、騒《さわ》がれちゃいそうですけど」

「そうだよな、その辺りは俺も気を付けないと」

そもそも、花音《かのん》が中学時代に広季《ひろき》と付き合っていたことを周囲に隠《かく》しているのは、美優《みゆ》がそうしていたからという——いわゆる元カノへの対抗意識《たいこういしき》が理由だったので、花音《かのん》本人が特別隠《かく》したいというわけではなさそうだが。

ともあれ、美優《みゆ》と花音《かのん》の元カレが共通していることを配信上で話してしまった時点で、今花音《かのん》に広季《ひろき》との過去をバラされても困るわけで。気を付けるに越《こ》したことはないのである。

そこで花音《かのん》はワンテンポ置いてから、意を決したように口を開く。

「だから、その、時々どこか人目のないところでお話がしたいな、なんて。わたし、他の部活動が利用していないときには格技棟《かくぎとう》を使わせてもらう許可をいただいているので、レッスンがない日には自主練で利用しようと思っているんです。放課後とか、お昼休みなんかに」

花音《かのん》が照れながらも積極的に言うものだから、さすがに広季《ひろき》も気まずさを覚えてしまう。

「あ、ありがとう、花音《かのん》ちゃん。気持ちは嬉《うれ》しいんだけど……」

そこで花音《かのん》はハッとして、すぐに座り直す。

「いえ、すみません、わたしも分は弁《わきま》えているつもりなので。……元カノ、ですもんね」

赤面しながら照れてみせる花音《かのん》は大変可愛《かわい》らしいのだが、それ以上に美優《みゆ》からの視線が冷たく刺《さ》さってきて、広季《ひろき》の意識はそちらに持っていかれた。

パン、とそこで美優《みゆ》が両手を合わせてみせる。

そして美優《みゆ》は仕切り直すように、立ち上がって言う。

「どうあれ、私たちの認識《にんしき》は共有できたってことでいい？　コンセプトは『同じ相手に恋《こい》をした元カノ三人組配信者』、そして《ＭＩＣＨＩＫＡ》の三人は恋愛禁止《れんあいきんし》——ってことで」

その言葉に、広季《ひろき》と花音《かのん》は頷《うなず》いてみせる。

美優《みゆ》がわざわざ《ＭＩＣＨＩＫＡ》と指定したのは、恋愛禁止《れんあいきんし》の中に広季《ひろき》は含《ふく》まないという意思表示だろう。現に、広季《ひろき》もそういう認識《にんしき》でいた。

このタイミングで、美優《みゆ》は大きく伸《の》びをしてみせる。

どうやら今日の本題に入るらしい。

「じゃあ、そういうことで。ちなってぃには後で私の方から伝えておくとして。——話は変わるけど、次に投稿《とうこう》する動画の内容について、みんなで相談しよっか」

「ああ、そうだな」

「はい」

「と、その前に、飲み物のおかわりいる人？」

三人ともコップの中身が空になっていて、広季《ひろき》も花音《かのん》も挙手をした。

「じゃ、ちょっと行ってくるから。適当にくつろいどいて」

「悪いな」

「お構いなく～」

そうして、しばし待つことになった。

◇

美優《みゆ》が部屋を出ていくと、なぜだか花音《かのん》がニコニコと満面の笑《え》みを浮《う》かべた。

「先輩《せんぱい》、二人っきりですね」

「そ、そうだね……」

確かに今、部屋の中には二人だけだ。

しかも元カノと、別の元カノの部屋にいるという異様な状況《じょうきょう》。

だというのに、花音《かのん》はとても嬉《うれ》しそうに見える。

そして花音《かのん》は思い立ったように立ち上がると、そのまま広季《ひろき》の隣《となり》に座ってきた。

「か、花音《かのん》ちゃん？」

「なんですか、先輩《せんぱい》」

「……近くないか？　それに、どうして隣《となり》に？」

「言わないと、わからないですか？」

つぶらな瞳《ひとみ》が間近で向けられる。

長い睫毛《まつげ》に桃色《ももいろ》の薄《うす》い唇《くちびる》。白い素肌《すはだ》にほんのりと赤く染まった頰《ほお》、さらさらの黒い髪《かみ》。華奢《きゃしゃ》で小柄《こがら》な身体《からだ》。その容姿は紛《まぎ》れもない美少女で、鈴《すず》を転がすような声まで愛らしい。

ごくり、と思わず生唾《なまつば》を飲んでから、広季《ひろき》は視線を逸《そ》らして言う。

「わからないでもないけど、俺たちはもうそういう関係じゃないだろ。それにグループのコンセプトを大切にするなら、誤解をされるようなこともやめた方がいいと思うんだ」

なんとか広季《ひろき》がそう伝えると、花音《かのん》はぷくぅと頰《ほお》を膨《ふく》らませてから、すぐに気を取り直した様子で言う。

「わたし、バレエで中学最後の大会は全国大会に行けたんですよ。結果は三位でしたけど。それも、先輩《せんぱい》のおかげだと思ってます」

「だったら――」

「でも、よくわからなくなっちゃって。このまま続けた先に、何があるのかなって」

気付けば、花音《かのん》は目を伏《ふ》せていて。

広季《ひろき》はそんな彼女を見て、自然と頭を撫《な》でていた。

「…………久々です、先輩《せんぱい》に頭を撫《な》でてもらったの」

「こうすると、花音《かのん》ちゃんはいつも落ち着いたよな。──バレエを続けるか悩《なや》んでいるのと、動画配信の活動に参加したことは、何か関係があるのか？」

そう尋《たず》ねると、花音《かのん》はすぐさま首を左右に振《ふ》った。

その反応は意外で、広季《ひろき》は「じゃあどうして？」と続けて尋《たず》ねる。

「証明したかったんです。今のわたしなら、バレエ以外のことも両立できるって」

「花音《かのん》ちゃん……」

「そうしたら、先輩《せんぱい》だって──」

──ギィッ。

花音《かのん》が興奮ぎみに身を寄せてきたところで、扉《とびら》が開いた。

そこに立っていたのは、不機嫌《ふきげん》そうに目を細める美優《みゆ》で。

「み、美優《みゆ》……」

この様子だと、大方の話は聞いていたのだろう。どうりで飲み物を取りに行くだけの割に、戻《もど》りが遅《おそ》かったわけである。

「盗《ぬす》み聞《ぎ》きなんてひどいじゃないですか、みゅん先輩《せんぱい》」

「かののんの方こそ、抜《ぬ》け駆《が》けしようなんて良《い》い度胸してるじゃん」

バチバチ、と二人の間に火花が散っていることを錯覚《さっかく》する程度には、完全に修羅場《しゅらば》である。

そこで美優《みゆ》がギロッと広季《ひろき》に視線を向けてきて言う。

「広季《ひろき》、わかってるよね？　マネージャーとして、グループをサポートするって意味」

「あ、ああ、もちろん」

「ふふ、さすがはみゅん先輩《せんぱい》ですね。すっかり釘《くぎ》を刺《さ》されちゃいました」

「かののんが真面目そうに見えて、意外と油断ならないみたいだからね」

「油断ならないのはお互《たが》い様《さま》だと思いますけど」

バチバチ、と再び火花が散る。……少なくとも、広季《ひろき》にはそう見えた。

ゆえに、広季《ひろき》は仲裁《ちゅうさい》するつもりで言う。

「ま、まあ、動機はどうあれ、良《い》い動画を作ってグループとして成功したいって気持ちは同じなわけだろ。今はそれでいいじゃないか」

「そうですね、ひろ先輩《せんぱい》のおっしゃる通りです」

「マネージャーまで満更《まんざら》でもなさそうだったのがムカついたけど、まあ今回は我慢《がまん》してやるか。ムカついたけど」

（美優《みゆ》のやつ、二回言ったな……そんなに腹が立ったのか）

それにしても、花音《かのん》が先ほど告げようとした言葉の続き。それはきっと、広季《ひろき》に対する未練という類のものであることは予想がつく。

ゆえに、広季《ひろき》としては対応に困ってしまう。

繰《く》り返しになるが、広季《ひろき》自身は過去の恋愛《れんあい》に未練はない。少なくとも、そういう認識《にんしき》だ。

その上で、元カノが再び好意を寄せてきた場合だが、正直具体的にどうするかまでは考えていなかった。そうなることは想像しづらかったからだ。

そのため、広季《ひろき》は自分に向ける意味でも、『今はそれでいいじゃないか』と先延ばしにするような仲裁案《ちゅうさいあん》を口にしたのだった。

「さて、じゃあそろそろ本題に入っていいかな？　次の動画の内容についてなんだけど」

美優《みゆ》は仕切り直すように言うが、笑顔《えがお》なのが逆に怖《こわ》かった。

とはいえ、話題が変わるのは広季《ひろき》にとっても望ましいことである。

動画の内容について、昨夜に《ＭＩＣＨＩＫＡ》の三人でビデオ会議をした際には意見がぶつかり合って決まらなかったとのことだが、具体的にはどういう意見が出たのか、広季《ひろき》は単純に気になっていた。

ゆえに、広季《ひろき》は挙手をして言う。

「ざっとでいいから、昨日の進捗《しんちょく》を共有してもらえると有《あ》り難《がた》いんだけど」

「まずはそこからだよね。ざっとまとめると〜――」

美優《みゆ》がテーブル上のタブレット端末《たんまつ》をいじり出したかと思えば、画面を広季《ひろき》に見せてくる。

そこにはいくつかの案が記載《きさい》されていた。さながら、議事録といったところか。

それをさっそく広季《ひろき》は確認《かくにん》してみると、

「えーっと、『メイク動画』に『女子高生のモーニングルーティン』、『大食いチャレンジ』に、『ゲームの実況配信《じっきょうはいしん》』と『コスプレ披露大会《ひろうたいかい》』……前半と後半でジャンルが全く違《ちが》うんだな」

「まあね。いろいろあった方がいいかと思って」

前半の内容は無難というか、はっきり言ってウケが良さそうである。視聴回数《しちょうかいすう》もある程度は伸《の》びるだろう。

それに比べて後半の内容はなんというか、美優《みゆ》の趣味《しゅみ》が前面に出ている気がした。

「ちなみに、どれが美優《みゆ》のイチオシなんだ？」

「ん〜、『ゲームの実況配信《じっきょうはいしん》』か『大食いチャレンジ』のどっちかかな。コスプレも捨てがたいんだけど。少なくとも、どれも鉄板からはそんなに外れてないと思うよ」

「なるほど。でも美優《みゆ》がゲームとかコスプレとかって、俺はあんまりピンときていないんだよな。昔はそういうの、全然やってなかっただろ」

「わたしも意外でした。初めてお部屋に入ったときも、正直驚《おどろ》きましたし」

花音《かのん》まで同調したところで、美優《みゆ》は少し照れくさそうに言う。

「まあ私がオタクになったのって、高校《こうこう》に入ってからだしね。最初はなんとなくソシャゲに手を出してみたんだけど、面白《おもしろ》いのが多すぎてすぐにハマっちゃったよ。そこからいろいろやるようになって、今に至る感じかな」

「へぇ、ソシャゲか。そういえば、ここにあるグッズって女の子のキャラクターばかりだよな。やっぱりこういうのが好きなのか？」

自然と尋《たず》ねてみると、なぜだか美優《みゆ》が神妙《しんみょう》な面持《おもも》ちになる。

「まずいことでも聞いたか？」

「ううん、一瞬《いっしゅん》バカにされているのかと思ったけど、広季《ひろき》に限ってそれはないって思い直したとこ。魔法少女《まほうしょうじょ》メロンちゃんとか——他にも美少女キャラのグッズが多いのは、単純に私の好みだよ。可愛《かわい》すぎて憧《あこが》れるんだよね」

「なるほどな」

美優《みゆ》がその魔法《まほう》少女《しょうじょ》メロンちゃんなど、様々な美少女キャラクターにハマったのが、憧《あこが》れを抱《いだ》いたからというのは、妙《みょう》にしっくりくる気がした。彼女らしいとすら言えるだろう。

本当は好きなゲームのジャンルなども掘《ほ》り下げて聞いてみたいところだが、このままだとなかなか本題が進まないので、仕方なくまとめることにする。

「とりあえず、美優《みゆ》の意見はわかったよ。ならやっぱり、一つに絞《しぼ》るとしたら『ゲームの実況配信《じっきょうはいしん》』になるのかな？」

「うーん、でも今の気分的には『大食いチャレンジ』の方かな。インパクトがあるっていうのはもちろんなんだけど、やっぱり美味《おい》しいものはいっぱい食べたいし」

「はは、なんか趣旨《しゅし》がズレている気もするけどな。それなら有力なのは、『大食いチャレンジ』ってことに――」

「却下《きゃっか》です」

そこで花音《かのん》がにこやかに異議を申し立ててきた。口調は穏《おだ》やかだが、断固とした意志の強さを感じさせる。これには美優《みゆ》も頬《ほお》を引き攣《つ》らせた。

「一応、反対の理由を広季《ひろき》にも説明してあげて」

「それはもちろん、太るからです。常日頃《つねひごろ》からカロリーコントロールをしている身からすれば、『大食いチャレンジ』なんて自滅行為《じめつこうい》そのものですから」

なるほど、現役《げんえき》バレリーナの花音《かのん》は常日頃《つねひごろ》から体型維持《たいけいいじ》に努めているため、そういった一種の暴食行為《ぼうしょくこうい》には賛同できないというわけだ。

とりあえず、片方の意見に偏《かたよ》るのはよくないと考えた広季《ひろき》は、千夏《ちなつ》が賛同したかについても尋《たず》ねてみたのだが、

「ちなってぃは太らない体質だからいいってさ」

「全部お胸に栄養がいく人は本当に羨《うらや》ましいです……」

切実に語る花音《かのん》を見ていると居たたまれなくなったので、今度は他の意見も聞いてみようと思った。

「そういう花音《かのん》ちゃんは、どんな意見を出したんだ？」

「わたしはですね～、これです」

花音《かのん》はタブレットをささっといじってから、画面を差し出してくる。

そこには『踊《おど》ってみた動画』に、『歌ってみた動画』、それに『落語動画』なんてものも記載《きさい》されていた。どれも芸術方面の分野ばかりで、花音《かのん》らしさが出ているように思えた。

「なるほど、鉄板のものから捻《ひね》った案まで考えてあるんだな。どれも、それなりに画面栄えはしそうだ」

「はいっ。ちい先輩《せんぱい》もみゅん先輩《せんぱい》もとってもお綺麗《きれい》なので、こういう見栄《みば》え重視の企画《きかく》の方が、見てくれる方々に喜んでもらえると思うんですよね。わたしもバレエを習っているので、踊《おど》りには自信がありますし」

「確かに、三人が並んで踊《おど》っていたら華《はな》があるよな。みんな可愛《かわい》いし」

「せ、先輩《せんぱい》、直球すぎますよぉ……」

照れているのは花音《かのん》だけではなく、美優《みゆ》も同じように赤面していた。

しかしそこで、美優《みゆ》が気を取り直して言う。

「でも、『踊《おど》ってみた動画』とか『歌ってみた動画』って、事前の準備に結構手間がかかると思うんだよね。ちゃんと練習するなら時間は必要だし、けど動画の間隔《かんかく》はできるだけ空けたくないし。かといって、半端《はんぱ》な出来で動画の投稿《とうこう》はできないでしょ。踊《おど》りに精通しているかののんはともかく、私とちなってぃはそういう経験とかないからなぁ」

「そ、それは、そうかもしれないですけど……」

美優《みゆ》の正論に、花音《かのん》は意気消沈《いきしょうちん》している様子。

一方に味方をするわけではないが、ここで広季《ひろき》は口を挟《はさ》むことにした。

「けど、歌なら美優《みゆ》も得意じゃないか。それに千夏《ちなつ》さんも上手だったと思うぞ」

「それ、カラオケに行ったときの話だよね？　あんまり参考にならないっていうか……」

「そ、そうか」

そこでなぜだか、花音《かのん》がむくれていて。

「花音《かのん》ちゃん？　なんか怒《おこ》ってないか？」

「どうせわたしは音痴《おんち》ですよーだ」

どうやら美優《みゆ》と千夏《ちなつ》を褒《ほ》めたことで、花音《かのん》には疎外感《そがいかん》を与《あた》えてしまったらしい。花音《かのん》には歌の代わりに踊《おど》りがあるというニュアンスで説明をしたつもりだったが、それとこれとは別だったようだ。

「べつに、そうは言ってないって。ただ、人には得手不得手があるものだしさ」

「それは下手だって言ってるのと同じです！　先輩《せんぱい》ったら、ひどいですよ」

花音《かのん》は拗《す》ねながら背中を向けてしまう。

その様子を見て申し訳なく思った広季《ひろき》は、自然と花音《かのん》の頭を撫《な》でる。

「ごめんな、花音《かのん》ちゃん。言い方がよくなかったよな」

「……また、子供扱《こどもあつか》いして」

「あ、ごめん」

咄嗟《とっさ》に手を離《はな》すと、花音《かのん》が顔を真っ赤にしながら横目に見てくる。

「べつに、やめてほしいわけじゃないですけど……」

「あはは、そうか」

ならばともう一度手を伸《の》ばそうとしたところで、

「──ごほんっ」

美優《みゆ》がわざとらしく咳払《せきばら》いをしてみせ、広季《ひろき》と花音《かのん》はビクッと反応する。

「二人とも、イチャつくならよそでやってくれる？」

「いや、そういうつもりじゃ……」

「そうですよ、これは単なるスキンシップですから」

強気になって花音《かのん》が言うと、美優《みゆ》がじろっと広季《ひろき》を睨《にら》んでくる。

「マネージャーの広季《ひろき》が和を乱してどうするんだか。せっかくルールの説明もしたのに」

「悪かったって……。ともかく、歌も踊《おど》りもいきなりは厳しいってわけだな」

となると、残るは千夏《ちなつ》の案ということになる。

それを察したらしい美優《みゆ》が、無言でタブレットを差し出してきた。

「なになに、『激マズ料理早食い競争』に、『挨拶《あいさつ》代わりの徒競走』、『カラオケ採点で九十九点取るまで帰れません』、『変顔でプリ撮《と》ってみた！』………なるほど」

タブレットをテーブルに置いて、広季《ひろき》はふぅとひと息つく。

「……他にも案はあるか？」

「あはは、やっぱりそういう反応になるよね」

美優《みゆ》は苦笑《くしょう》しつつも、小首を傾《かし》げてみせる。

「まあ、私的には意外とナシじゃないかなって思うんだけど」

「わたしもまあ、一部を除けばナシじゃないと思います」

「感想に困るタイプなんだよな。ちなみに、二人がこの中でナシなものって？」

「『激マズ料理早食い競争』」

「『変顔でプリ撮《と》ってみた！』です」

「そこはバラバラなんだな……」

この二人もとことん趣味《しゅみ》が合わないようだ。

これに一風変わった千夏《ちなつ》の意見が加わるとなれば、まとまらないのも無理はないような気がした。

いっそ、企画《きかく》は全員に配慮《はいりょ》ができる人物が考えるのが良《い》い方法のようにも思えたが、それを広季《ひろき》が提案するのも違《ちが》う気がして、口には出せずにいた。

だから代わりに、広季《ひろき》は参考意見を聞き出すべく尋《たず》ねてみる。

「ちなみに、美優《みゆ》が自分のチャンネルを立ち上げたときにはどうだったんだ？」

「私の場合はさっきの案にも書いたけど、最初の方はモーニングルーティンとかメイクの動画ばっかで、むしろそれからもずっと、ｖｌｏｇ形式で日常的な動画ばっかり上げてるよ」

「ああ、なるほど」

美優《みゆ》のチャンネルが人気になった理由の一つはそこだろう。

日常的な内容の動画を現役《げんえき》の女子高生、それも美優《みゆ》のような美少女が投稿《とうこう》すれば、視聴回数《しちようかいすう》も伸《の》びやすいだろうし、チャンネル登録者数にも繋《つな》がるのは素人《しろうと》でも理解できる。

その堅実《けんじつ》さが美優《みゆ》の動画の魅力《みりよく》であり、そこにワンアクセントでコスプレなどの工夫《くふう》が加えられたからこそ、今の人気に結びついているのだろう。

それに美優《みゆ》の友人が言っていた通り、癒《いや》されたり和《なご》むことができる内容の動画は気軽にリピート視聴《しちよう》もしやすいので、一定の固定ファンが生まれる可能性も高まることが考えられた。

これらのことを、美優《みゆ》が算段を立てた上で実行に移していたのであれば、分析《ぶんせき》のセンスがあるとは思うのだが……。

「美優《みゆ》がそういう動画を撮《と》った理由とか、きっかけみたいなものがあれば聞いてもいいか？」

「そんなの、楽しそうだと思ったからだけど。あとは元々、そういう動画をアップしてる人たちに憧《あこが》れてたっていうのもあるかな〜。もちろん、そういう動画が結構伸《の》びやすいっていうのも理由の一つだったけどね」

これは予想通りである。

楽しそうだと思ったから。憧《あこが》れたから。――広季《ひろき》の知る美優《みゆ》なら、そういった理由で動画をアップしたという方が納得《なっとく》できる。

つまり、それは一つの正解なのではないかと、このとき広季《ひろき》は思った。

成功を掴《つか》むのは大事だが、まずはやりたいことを形にしてみるのもアリかと思ったのだ。

「やりたいことをやる、でいいのかもな。特に初めだしさ」

「まあ、そうかもね」

「ですね」

珍《めずら》しく美優《みゆ》と花音《かのん》の意見も合い、顔を見合わせて笑う。

では、その肝心《かんじん》なやりたいことについてだが。

「話題性とか手間とか、そういった諸々《もろもろ》を抜《ぬ》きにした場合、二人が一番やりたい企画《きかく》ってなんだ？　できれば千夏《ちなつ》さんにも聞けるといいんだけど」

「ちなってぃには今、メッセ投げてみた。私はね〜、どれにしようかな」

頭を悩《なや》ませる美優《みゆ》をよそに、花音《かのん》は申し訳なさそうに言う。

「すみません、わたしの場合はすぐには思いつきそうにないです。メリットや話題性を重視して考えることしかしていなかったので。強《し》いて言うなら、『踊《おど》ってみた動画』ですけど」

「まあ、無理に案を出す必要はないと思うよ」

「あ、ちなってぃから返事きた。なんか、『みんなに任せる！』だって」

「そうか。となると、あとは美優《みゆ》次第《しだい》になるわけだけど」

「ん～……あっ！」

そのとき、美優《みゆ》は何やら閃《ひらめ》いた様子で立ち上がって言う。

「──私、『ラブホ女子会』がやりたい！」

「はぁっ⁉　ラ、ラブホって、あのな……」

耳を疑うような単語が飛び出したことで、広季《ひろき》はひたすらに動揺《どうよう》する。

しかし、美優《みゆ》は堂々と仁王立《におうだ》ちして言う。

「前に何度か話題になっていてさ、ちょっと興味があったんだよね。場所が場所でも、やるのは女子会だし、それこそ『元カノだけのラブホ女子会』なんてタイトルを付けたら、結構伸《の》びそうじゃない？」

「いや、確かに伸《の》びるかもしれないけど、そもそも──」

「却下《きゃっか》です」

そのとき、会話を遮《さえぎ》るように口にしたのは花音《かのん》であった。

顔を真っ赤にして、軽蔑《けいべつ》するような眼差《まなざ》しを美優《みゆ》に向けながら、花音《かのん》はさらに続ける。

「高校生《こうこうせい》がそんなラ、ラ……そういういかがわしい施設《しせつ》を利用するのは、どうかと思いますので」

「あれ？　かののんってそういうところは真面目なんだね」

「当たり前です！　わたしが理想とする男女交際は、あくまで健全かつ清いものですし！」

「はは……花音《かのん》ちゃんはまあ、そう言うと思ったよ」

花音《かのん》は普段《ふだん》から押しが強いところがあるものの、基本的には真面目な優等生で、おまけにスキンシップも手を握《にぎ》っただけでショート寸前になるほど、うぶな一面のある女子である（※ただし頭撫《あたまな》では例外らしい）。

そんな彼女なら、ラブホテルなんて単語を聞くだけで拒否反応《きよひはんのう》を示すに違《ちが》いないという、広《ひろ》季《き》の予想は的中したようだ。

けれど、美優《みゆ》はまだ諦《あきら》めていないようで。

何やら含《ふく》みのある顔で花音《かのん》の隣《となり》に座ると、そのまま笑顔《えがお》になって囁《ささや》く。

「でもかののん、べつに私たちは本来の利用目的でラブホに行こうとしてるわけじゃないんだよ？　あくまで女子会、それも動画撮影《どうがさつえい》のためだから」

「ほ、本来の利用目的って……それに、そんなところで動画撮影《どうがさつえい》って……」

「ちょっ、かののん？　気になったところだけ抜粋《ばっすい》しないでくれる？」

「き、気になってなんか！　興味もないですし！」

「じゃあ、私の話をちゃんと聞いてくれるよね？」

「わかりました……」

恥《は》ずかしさで赤面する花音《かのん》に対して、同じく顔を真っ赤にした美優《みゆ》が説得を続ける。

「私たちはあくまで女子会の動画を撮影《さつえい》するために、ラブホテルを利用しようとしているだけなの。他意はないの。わかる？」

「まあ、わかりますけど……」

「それに今回からは広季《ひろき》も参加するけど、かののんならわかるでしょ？　こいつにそんな甲斐《かい》性《しょう》はないってこと」

「まあ、わかりますけど……」

「おい」

さりげなく説得材料に使われて、しかもそれが悪口なのだから、広季《ひろき》としては物申したくもなるわけで。

しかしそこで、美優《みゆ》がからかうような視線を広季《ひろき》に向けてくる。

「じゃあ、広季《ひろき》はラブホに行ったことがあるの？　――なーんて、あるわけないか」

「………………」

「「えっ？」」

だんまりを決め込む広季《ひろき》を見て、固まる女子二人。

次に女子二人は互《たが》いに顔を見合わせてから、確認《かくにん》し合うかのように首を左右に振《ふ》る。

「ま、まさか、ね……？」

「ひろ先輩《せんぱい》……？」

女子二人が顔を引き攣《つ》らせる中、広季《ひろき》は冷《ひ》や汗《あせ》をダラダラとかきながら視線を逸《そ》らす。

「ま、まあ、そこはノーコメントってことで……」

「…………」

今度は二人の方が黙《だま》り込んでしまう。

どちらも無表情になっていて、何を考えているのか広季《ひろき》にはわからなかった。

ただ、二人とも冷たい目をしていることは確かで。

(でもこればっかりは、俺が口にするわけにはいかないんだ……)

何よりも相手のために、広季《ひろき》は固く口を閉《と》ざすことを心に決めていた。

「──みゅん先輩《せんぱい》、いいですよ。行きましょう」

そこで唐突《とうとつ》に、花音《かのん》が心変わりでもしたかのように言い出した。

動揺《どうよう》する広季《ひろき》をよそに、美優《みゆ》は頷《うなず》いてみせる。

「じゃ、決定ってことで。ちなってぃにも一応、連絡《れんらく》しとくから。──広季《ひろき》、いいよね？」

「いいけど……って、今から行くのか？」

「うん、何か予定でもあった？」

「不都合でしょうか？」

「いや、そういうわけじゃないけど……」

この二人もすでにわかっているだろう。

広季《ひろき》が一緒《いっしょ》にラブホへ行った相手が誰《だれ》なのかを。

そして、広季《ひろき》がそれを決して自分の口からは話さないことも。

ゆえに、二人はそれ以上聞こうとはせず、黙々《もくもく》と外出の支度《したく》を始めたのだが。

「——あ」

そこでスマホを確認《かくにん》した美優《みゆ》が、広季《ひろき》に画面を見せてくる。

画面には、『撮影《さつえい》終わったし今から合流するね〜！』という千夏《ちなつ》のメッセが映っていたのだった。

◇

「やっほー！　遅《おく》れてごめーん！」

駅前にて、千夏《ちなつ》が走りながら手を振《ふ》ってくる。

千夏《ちなつ》はボーダー柄《がら》のロングTシャツに黒のタイトパンツといった、身体《からだ》のラインを綺麗《きれい》に見せるモデルらしい私服姿をしていた。

「あ、ちなってぃ、おつかれさま」

「あの、おつかれさまです」

「お、おつかれ」

「って、あれ？　なんか空気おかしくない？」

千夏《ちなつ》はすぐに三人の様子がおかしいことに気付いたようで、不思議そうに小首を傾《かし》げる。

「いや、その、なんというか……」

「ていうか、これからどこ行くの？」

どう説明するか困っていた広季《ひろき》に代わり、美優《みゆ》が前に進み出る。

「ちなってぃ、メッセで送ったと思うんだけど」

「あー、ごめん、急いでたからちゃんと見てなかったよー。えー、どれどれ～……『今日は元カノたちのラブホ女子会をやることになったよ』って」

一瞬《いっしゅん》の間を置いて、千夏《ちなつ》は頬《ほお》を引き攣《つ》らせながらも笑顔《えがお》を向けてくる。

「……マジ？」

「大マジ。それでモヤモヤし続けるのもアレだし、ちなってぃに聞いておきたいことがあるんだけど」

「えっ、うん？」

美優《みゆ》は一度だけ広季《ひろき》のことをちらと見てから、再度千夏《ちなつ》の方へと向き直って尋《たず》ねる。

「ちなってぃって、その……広季《ひろき》と、そういう場所に行ったことがあるのかなって……」

もじもじとしながらも尋《たず》ねる美優《みゆ》を前にして、問いの意味を察したらしい千夏《ちなつ》は途端《とたん》に赤面してからしどろもどろになる。

「えっ、いや、その……」

「この反応は、やっぱり……うぅ……」

花音《かのん》まで動揺《どうよう》し始めて、収拾《しゅうしゅう》がつかなくなりそうだったので、広季《ひろき》が介入《かいにゅう》しようと思ったところで——

「——違《ちが》うから！　あたしがただ、ひーくんを誘《さそ》っただけというか！」

そこで千夏《ちなつ》が大声で口にした。

これには美優《みゆ》も花音《かのん》も、それに広季《ひろき》までもがぽかんと呆《ほう》けてしまう。

その状況《じょうきょう》に気付いて、あとに引けなくなった千夏《ちなつ》は続ける。

「で、でも、入ったときはそういう場所だって知らなくて！　それに結局、なにもなかったっていうか！」

なおもぽかんと呆《ほう》ける美優《みゆ》と花音《かのん》に対して、広季《ひろき》も補足をするように言う。

「そ、そう、なにもなかったんだ。あのときは急に雨が降ってきて、たまたま立ち寄ったのがそういう場所だったってだけなんだよ」

「正確に言えば、そういう場所だってことは入った後にすぐ気付いたんだけど、あたしがその、怖《こわ》くなっちゃったというか……」

「大丈夫《だいじょうぶ》、もうわかった。十分すぎるというか、話させてごめん」

美優《みゆ》が申し訳なさそうに頭を下げて、花音《かのん》もそれに続いた。

困惑《こんわく》する千夏《ちなつ》に対して、広季《ひろき》も謝罪をする。

「俺も聞かれたとき、どうすればいいのかわからなくて変な態度を取っちゃったんだ。だから今回のことは俺のせいというか、本当にごめん」

「いや、そんな謝ることじゃないって……あはは……もういいから、みんな頭を上げてよ」

本人にそう言われたので、三人とも頭を上げる。

それを確認《かくにん》した千夏《ちなつ》はグーサインを向けてきて、

「そうと決まれば、行くしかないっしょ！　ラブホ！」

駅前だというのに、大声でその単語を口にする千夏《ちなつ》。もはやヤケクソである。

これ以上、暴走をされてもたまらないので、広季《ひろき》は事前に調べておいた目的の場所へと向かうべく、裏通りの方へと先導することにした。

歩くこと数分。

到着《とうちゃく》したその目的地には小綺麗《こぎれい》な建物があって、場違《ばちが》いなくらいに煌《きら》びやかな外観をしていた。

「……着いたぞ」

広季《ひろき》が言うと、その背に隠《かく》れるようにしてしがみついていた美優《みゆ》と花音《かのん》が不思議そうに建物を見上げた。

「ここって、ほんとにラブホ？」

「どう見ても、普通《ふつう》の宿泊施設《しゅくはくしせつ》に見えるんですが。名前も、そういう感じではないですし」

一見すれば、確かに普通《ふつう》のホテルにしか見えない外観だ。

ゆえに、気の抜《ぬ》けた様子で呑気《のんき》に小首を傾《かし》げる二人に対し、千夏《ちなつ》は無言で建物の壁《かべ》に記載《きさい》されたメニュー表を指差す。

そこにはいくつかの料金プランが記載《きさい》されていて、『休憩《きゅうけい》』という単語も並んでいた。

「その料金表がどうかしたんですか？　ちゃんと休憩《きゅうけい》もできるみたいですけど」

「いや、かののん、ちょい待って。ここ、やっぱりラブホだよ」

（さすがに美優《みゆ》には通じたか……）

もしかしたらと思ったが、さすがに美優《みゆ》もそれぐらいのことは知っていたらしい。

しかし、未《いま》だに花音《かのん》は納得《なっとく》がいかない様子で。

「どういうことですか？　ちゃんと説明してください」

その純真無垢《じゅんしんむく》な瞳《ひとみ》を真《ま》っ直《す》ぐに向けられたことで、美優《みゆ》は気まずそうに視線を泳がせながら答える。

「いや、なんていうか、普通《ふつう》のビジネスホテルって、泊《と》まる前提じゃん？　だから、基本的に休憩《きゅうけい》はないっていうか……」

「──ッ！」

ようやくその意味を理解したらしい花音《かのん》は、一瞬《いっしゅん》にして顔を真っ赤にする。

「……すみません、理解しました」

花音《かのん》は再び広季《ひろき》の背に隠《かく》れてしまい、広季《ひろき》も苦笑《くしょう》するしかなかった。

まさに入るだけで一苦労だ。広季《ひろき》からすれば、この問答の間に通行人が来ないかどうか、気が気ではなかった。

事情はどうあれ、三人の女子とラブホテルに入るところを知人にでも見られたら洒落《しゃれ》にならないので、念入りに周囲を見回してから中に入る。

入り口のオートドアをくぐり、電子パネルに並ぶ部屋番号を見て、空いている部屋を確認《かくにん》する。ここは有人の受付ではなく、無人精算機で会計とチェックインを済ませるタイプのようで、ひとまずは適当に空いている部屋を休憩《きゅうけい》プランで選択《せんたく》してから、会計を済ませてカードキーを受け取った。

エレベーターが降りてくるのを待っている間は全員無言で、妙《みょう》な緊張感《きんちょうかん》が生まれていた。

──キンコーン。

エレベーターの到着音《とうちゃくおん》に、女子三人は身体《からだ》をビクつかせる。

扉《とびら》が開いた先からは若いカップルが出てきて、広季《ひろき》たちとのすれ違《ちが》いざまにぎょっとした様子で二度見をしてきた。……おそらくは、あらぬ誤解を与《あた》えたのだろう。

頭を抱《かか》える広季《ひろき》とは違《ちが》い、妙《みょう》な高揚感《こうようかん》を抱《いだ》いている様子の美優《みゆ》がぼそりと言う。

「ねぇ、今出てきた人たちって」

「おい、それ以上は言うな」

「ハレンチです……こんな、休日の昼間から……」

「かののん、それ周りから見たらあたしたちもだから……」

「ぷしゅぅ……」

何やらぶつぶつと呟《つぶや》いていた花音《かのん》は完全に頭をショートさせたらしい。倒《たお》れかかったところを美優《みゆ》と千夏《ちなつ》に支えられていた。

(俺さえいなければ、ただの女子会に見えるんだろうけどな……)

今さらながら、広季《ひろき》は自分がついてきたことを後悔《こうかい》しかけたが、どうせ断っても無理やり連れてこられた気がするので、考えるだけ無駄《むだ》だと諦《あきら》める。

そうしてエレベーターに乗り込んでから三階に到着《とうちゃく》し、広季《ひろき》たちが指定した三〇五号室の前に着いてから、手にしたカードキーを差して扉《とびら》を開く。

中に入ると、そこは広々としていた。

モノトーンカラーを基調にした大きなベッドにテレビや冷蔵庫、それに座椅子《ざいす》とテーブルがあるだけのシンプルなインテリアによって、美優《みゆ》や花音《かのん》からすれば、普通《ふつう》のホテルと変わらないように見えているかもしれない。

「ふぅ」

扉《とびら》が閉まるなり、広季《ひろき》がため息をつくと、三人は警戒心《けいかいしん》を丸出しにして距離《きょり》を取る。

「いや、その反応はさすがにひどいだろ……。──で、これからどうするんだ？」

呆《あき》れた広季《ひろき》が奥の座椅子《ざいす》に腰掛《こしか》けてから尋《たず》ねると、美優《みゆ》が気を取り直した様子で口を開く。

「じゃあ、まずはシャワーを浴びよっか」

「えっ、マジ？」

「四人でですか⁉」

動揺《どうよう》する千夏《ちなつ》と、動揺《どうよう》しすぎておかしい反応をする花音《かのん》。

たまらず美優《みゆ》が花音《かのん》にチョップをお見舞《みま》いしてから、続けて言う。

「四人で入るわけないでしょ。まあ、広季《ひろき》を除いた三人で入るのは全然アリだと思うけどね。時短にもなるし」

「いやいや、それ以前にお風呂《ふろ》に入る必要ってある？　あたしすっぴんとかマジで無理なんだけど」

「でもみんな湯上がりの方が臨場感っていうか、ガチな女子会感が出ると思うんだよね。それにメイクは出てから軽くすればいいし。──広季《ひろき》もそう思わない？」

唐突《とうとつ》に美優《みゆ》から話を振《ふ》られて、スマホを眺《なが》めて気を紛《まぎ》らわせていた広季《ひろき》は動揺《どうよう》しながらも、適当に相槌《あいづち》を打つことにする。

「ま、まあ、そうかもな」

「なにその反応。ちゃんと集中してよね」

「部屋に入るまでは俺の後ろに隠《かく》れて、入った途端《とたん》に生き生きし始めたやつには言われたくないけどな」

「ムカつく、広季《ひろき》のくせにっ」

美優《みゆ》がベッドに置いてあったクッションを投げつけてきたが、広季《ひろき》はそれをキャッチして肘《ひじ》置《お》きに使わせてもらう。

「まあとにかく、俺の手伝いが必要になったら言ってくれ。もちろん、撮影《さつえい》はするし」

「えっ、撮影《さつえい》ってお風呂《ふろ》シーンをですか⁉」

「「「それはないから！」」」

思わず三人揃《そろ》ってツッコミを入れてしまった。当の花音《かのん》はホッと胸を撫《な》で下ろしている。

「かののんって、実はムッツリちゃんなんだね～……」

「ち、違《ちが》いますって！」

千夏《ちなつ》にからかわれて、花音《かのん》は恥《は》ずかしそうに首を左右に振《ふ》ってみせる。

そんなこんなで、結局美優《みゆ》たちは三人で入浴をすることに決めたようだ。

広季《ひろき》は待っている間、スマホをいじって時間を潰《つぶ》すことにした。

——シャーッ。

浴室からはシャワーの音が聞こえる。

ごくり、と広季《ひろき》は生唾《なまつば》を飲む。

入浴する直前に美優《みゆ》からは「絶対に覗《のぞ》かないでよね」と念入りに言われたが、もちろん広季《ひろき》にそんなことをするつもりはない。

とはいえ、意識してしまうのは男としての不可抗力《ふかこうりょく》で……。

「——きゃあっ⁉」

そのとき、浴室から花音《かのん》の悲鳴のような声が聞こえた。

つい反射的に広季《ひろき》の腰《こし》が浮《う》き上がるが、すぐに笑い声が聞こえたことで座り直す。

どうやら三人は楽しんでいる様子で、広季《ひろき》は少しだけ疎外感《そがいかん》を覚えた。

ふと暇《ひま》を感じた広季《ひろき》が部屋の中を見回してみると、ところどころに普通《ふつう》の宿泊施設《しゅくはくしせつ》とは異なる箇所《かしょ》を見つける。

単純に言えば、枕元《まくらもと》の棚《たな》に見慣れないビニールの包装がいくつも置かれていたり、普通《ふつう》は置いていないはずの機器が目に入ったり等である。そういう物を目にすると、やはりここはそういった施設《しせつ》なのだと実感させられた。

気晴らしにテレビを付けてみると、いかがわしい映像が映し出されたのですぐさま消した。

以前に千夏《ちなつ》と間違《まちが》って他のラブホテルに入った際には、千夏《ちなつ》が洗面所に入ったところで気付き、すぐさま出ることになった。ゆえに、そのときは本当に何もなかったわけだが、部屋を出たときの千夏《ちなつ》の顔は今でも覚えている。

怯《おび》えと安堵《あんど》、それに僅《わず》かな落胆《らくたん》の感情が入り混じった複雑な表情をしていた。

部屋をすぐに出た選択《せんたく》が間違《まちが》っていたとは今でも思わないが、それでも広季《ひろき》は思うのだ。

あのときの出来事がきっかけで、千夏《ちなつ》とは別れることになったのではないか——と。

そんなことを考えているうちに女子たちの入浴が終わったのか、ドライヤーの音が聞こえてきた。それから間もなくして、浴室と繋《つな》がる洗面所兼《けん》、脱衣所《だついじょ》の戸が開く。

そこで出てきたのは、千夏《ちなつ》であった。下ろした髪《かみ》は微《かす》かに濡《ぬ》れていて、バスローブまで着用していることもあり、湯上がり独特の色気を感じさせる。その姿を見て、広季《ひろき》はドキドキしてしまう。

「ふぅ〜。ジェットバスとかカラフルな照明なんかも付いていたから、ちょっと遊んじゃったよ」

「ふ、二人は？」

「もうちょっとかかりそうだよ〜。二人とも、結構はしゃいでいた感じだったし。あたしはお風呂《ふろ》とかあんまり長く入らないタイプだから、先に抜《ぬ》けてきたけどさ」

千夏《ちなつ》はそう言いながら、ミネラルウォーターのペットボトルを片手に、広季《ひろき》の向かいの椅子《いす》に座った。

他の二人がいない状況《じょうきょう》だと、少し気まずい。広季《ひろき》としては、以前に千夏《ちなつ》と間違《まちが》えてラブホテルへ入ったときのことを思い出すからだ。

そんな広季《ひろき》の様子に気付いたのか、千夏《ちなつ》はハッとしてから視線を逸《そ》らす。

「そういえば、ごめんね。あたしのせいで、変な誤解をされたみたいで」

「いや、さっきも言ったけど、それは俺のせいでもあるだろ」

「……それと、前に来たときも。あたし、余裕《よゆう》とか全然なくってさ」

「わかってるよ、俺も同じだったし。そのことはちゃんと話したじゃないか。——まあ、本当は男の俺がリードできればよかったのかもしれないけどさ」

「へっ⁉　リード⁉」

千夏《ちなつ》は素《す》っ頓狂《とんきょう》な声を上げたかと思えば、すぐさま胸元《むなもと》を隠《かく》した。

何やらあらぬ誤解を与《あた》えたことを察した広季《ひろき》は、すぐに弁明する。

「違《ちが》う、そういう意味じゃなくて！　あのときにもっと落ち着いて、部屋から出ることを提案できればよかったという意味で」

「あぁ、そういう……あはは、だよねー！」

変な空気をごまかすように、千夏《ちなつ》は無理に明るく笑ってみせる。

広季《ひろき》も話題を変えようと思い、せっかくだからと気になっていたことを尋《たず》ねてみることにした。

「千夏《ちなつ》さんはさ、どうして配信活動に参加しようと思ったんだ？」

できるだけ自然に尋《たず》ねると、千夏《ちなつ》はじっと見つめてくる。

その視線はやけに意味深に思えて、広季《ひろき》はごくりと生唾《なまつば》を飲んだ。

そして、数瞬《すうしゅん》の間を置いてから、

「──ひーくんとのこと、みゅんちゃんたちといたら気持ちがまとまるかと思って」

「えっ」

「なんて言ったら驚《おどろ》くよね。ごめん、冗談《じょうだん》」

再びごまかすように笑った千夏《ちなつ》に対し、広季《ひろき》はジト目を向ける。

「べつに、思ったことはそのまま口にしてもらっても全然いいんだけどな、俺は」

「ひーくんはいつだって、ちゃんと話を聞いてくれるもんね～。でもなんというか、乙女心《おとめごころ》は複雑なんすよ」

「そういうものみたいだな。察することができなくて、申し訳ないとは思ってる」

「あー、ひーくんってほんとにイイ男だよねー！　そりゃあモテるわ！」

「だからって、冷やかすのは程々《ほどほど》にしてもらいたいけどな」

「ごめんごめん、反省してるよ。それで、話の続きだけど～──」

──ブオーッ、と。そこでドライヤーの音が聞こえてきた。それに美優《みゆ》と花音《かのん》の話し声も近くなる。

　すると、千夏《ちなつ》はミネラルウォーターを勢いよく飲み干したかと思えば立ち上がり、明るい笑《え》顔《がお》で言う。

「密談はここまでみたいだね。ともかく、あたしも今は自分の意思で配信活動に参加しているから、その辺りは心配しなくても大丈夫《だいじょうぶ》ってことで！」

「そうか、わかったよ」

　少しホッとした広季《ひろき》が微笑《ほほえ》みかけると、千夏《ちなつ》は頬《ほお》を赤くして視線を逸《そ》らす。

　そのまま千夏《ちなつ》は脱衣所《だついじょ》の方へと駆《か》け寄っていくと、中から出てきた花音《かのん》と美優《みゆ》をワッと驚《おどろ》かせた。

「あはは、ドッキリ大成功～！　にしても、かののんは髪《かみ》を下ろすと印象変わるね～。ギリギリ高校生《こうこうせい》になるっていうか」

「むぅ、失礼ですね。わたしは立派な高校生《こうこうせい》ですよ。ちぃ先輩《せんぱい》の方こそ、髪《かみ》を下ろすと大人の女～って感じがより一層出ていますよ」

「こらこら、誰《だれ》が老《ふ》け顔《がお》だー！」

「そこまでは言ってませんって。もぉう、ベタベタ触《さわ》らないでください」

「ていうか、二人でなに話してたの？　ちなってぃ、だいぶ早く上がってたけど」

　怪訝《けげん》そうな顔で美優《みゆ》が尋《たず》ねると、千夏《ちなつ》はきょとんとしてから言う。

「みゅんちゃんとかののんがどんな風にはしゃいでいたか、ひーくんに説明してあげてた」

「「なっ⁉」」

美優《みゆ》と花音《かのん》が同時に睨《にら》みつけてくるが、広季《ひろき》は必死に首を左右に振《ふ》る。

その隙《すき》に、どうやらごまかしに徹《てっ》したいらしい千夏《ちなつ》は美優《みゆ》たちの後ろに回り込むと、

「ほら二人とも、ベッドにダイブしよー！」

「「わぁっ⁉」」

三人揃《そろ》ってベッドにダイブしてからは、じゃれ合うようにしてはしゃぎだす。

「ちょっと、どこ触《さわ》ってるんですか⁉」

「あ～、ちっちゃいの落ち着く～」

「あはは、ちなってぃ、感想がおじさんみたい」

「というか、ちっちゃいって言わないでください！　これでも成長中なんですから！」

三人は互《たが》いに胸を揉《も》んだり脚《あし》を絡《から》めたりと、くんずほぐれつであられもない状態になっていた。

直視をするのは気が引けるので、広季《ひろき》はその光景を横目に眺《なが》め続ける。

「柔《やわ》らかっ。これは反則でしょ！」

「ちょっと、みゅんちゃん揉《も》みすぎ～」

「きゃっ、お尻《しり》まで⁉」

一緒《いっしょ》に入浴して裸《はだか》の付き合いを経たことで、互《たが》いの関係が深まったのか、以前よりも打ち解

けているように見えた。

とはいえ、広季《ひろき》としてはやはり直視することができない状況《じょうきょう》が続いていたのだが。

そこでふと美優《みゆ》と目が合ってしまい、

「なに見てんの、変態」

「……みんなが俺の存在を忘れていただけだろ。これは不可抗力《ふかこうりょく》だって」

「その割にはがっつり見てたじゃん」

美優《みゆ》から広季《ひろき》が理不尽《りふじん》な文句を言われたところで、花音《かのん》と千夏《ちなつ》は我に返ったらしい。……二人とも、素で広季《ひろき》の存在を忘れていたようだ。

女子三人は身体《からだ》を離《はな》して、スキンシップタイムはようやく終了《しゅうりょう》する。

と、そこで立ち上がった花音《かのん》が何やら見つけたようで、

「あれ？　これってなんですか？」

枕元《まくらもと》のビニール包装を手に取って、花音《かのん》が呑気《のんき》に尋《たず》ねてくる。

その光景に広季《ひろき》と千夏《ちなつ》は同時に固まる。だがそこで、ベッドに寝転《ねころ》びながらくつろぎモードに入った美優《みゆ》が見もせずに答える。

「んー、お茶菓子《ちゃがし》じゃない？」

「変わったお茶菓子《ちゃがし》ですね、えっと――」

「ダメだ！」

なんとか動き出した広季《ひろき》がソレを花音《かのん》の手元から取り上げると、花音《かのん》はムッとしながらジト目を向けてきた。

「なんですか、いきなり。たくさんあるんですから、そんな風に取らなくてもいいじゃないですか」

「いや、違《ちが》うんだ。これは、その……」

騒《さわ》ぎに興味を持った美優《みゆ》まで枕元《まくらもと》のソレに手を伸《の》ばすと、視認《しにん》してからそっと棚《たな》に戻《もど》した。

「忘れてた、ここラブホじゃん」

「へ……？」

困惑《こんわく》する花音《かのん》に対して、千夏《ちなつ》が小声で耳打ちする。

その途端《とたん》、花音《かのん》はボッと顔を赤くして。

「あ、あのっ、わたし、知らなくて……」

なぜだか広季《ひろき》の方を見ながら、必死に訴《うった》えかけるように口をパクパクとさせている。

「あ、ああ、大丈夫《だいじょうぶ》。実物ってなかなか見る機会がないもんな」

「は、はい……初めて、見ました……」

ぷしゅう、と煙《けむり》でも出る勢いでショートした花音《かのん》は、そのままへなへなと床《ゆか》に座り込んでしまった。

そこで美優《みゆ》が仕切り直すように、ベッドから起き上がる。

「まあ気を取り直して、そろそろ撮影《さつえい》を始めよっか」

「そ、そうだな」

さっそく撮影《さつえい》をしようとスマホを取り出す広季《ひろき》をよそに、美優《みゆ》が鞄《かばん》からスマホ用の三脚《さんきゃく》を取り出した。

「ん、それはなんだ？」

「スマホ用の三脚《さんきゃく》だけど？」

「じゃあ、俺が撮影《さつえい》をする必要はないわけだ？」

「まあね」

「…………」

さも当然とばかりに即答《そくとう》されて、呆《あき》れて物も言えなくなっている広季《ひろき》は、なんとか意識を切り替《か》えることにする。

「なら、俺は何をすればいいんだ？」

「今日は～……ただ見学しているだけでいいかな。ほんとは照明機材も持ってこようかと思ったんだけど、場所が場所だけにアリなのかどうか、判断がつかなくて」

「そうですか……」

どさっと椅子《いす》に座り直した広季《ひろき》に対して、美優《みゆ》が手で払《はら》うような仕草をする。

「そこだと映像に入るからどいて。――んーと、廊下《ろうか》の辺りだと邪魔《じゃま》にならないし、影《かげ》が映るようなこともないと思うよ」

「はいはい……」

すっかり邪魔者《じゃまもの》扱《あつか》いをされて、意気消沈《いきしょうちん》ぎみの広季《ひろき》は廊下《ろうか》であぐらをかく。

「先輩《せんぱい》、ちょっとかわいそうです」

「だね～、みゅんちゃんも悪気はないんだろうけど」

そんな二人の同情が今は痛いくらいである。

とはいえ、美優《みゆ》は気にする様子もなく。

「それより二人とも、準備はいい？　カメラのセッティングもできたし、もう始めるから、髪《かみ》とかメイクを気にするなら今のうちだよ？」

「ちょい待って！」

「わたしも少しだけ！」

こういうところはやはり女の子。美優《みゆ》も含《ふく》めて、三人は洗面所へと駆《か》け込んでいった。

そうして女子三人がベッドに座り、いざ『元カノたちのラブホ女子会』が開始される。

これは今夜に実施予定《じっしよてい》の、《ＭＩＣＨＩＫＡ》結成の挨拶生配信《あいさつなまはいしん》をアップした後に投稿《とうこう》するつもりなので、そのていで話は進められたのだが。

「でさ～、やっぱりこういうところでは恋愛《れんあい》の話をするのが鉄板だと思うんだけど、二人は今までにどれくらいの人数と付き合ったことがあるの？」

「わ、わたしは、先輩《せんぱい》だけでしゅ！」

「……あたしは、ノーコメントかな」

「へぇ～、かののんは一途《いちず》なんだね。ていうか、ちなってぃはノーコメントとかアリ!?」

「あはは、勘弁《かんべん》してよ～……」

「――カット」

そこで美優《みゆ》は中断を申し出ると、自分でスマホの録画を停止させてから、二人に向き直る。

「なんか二人とも、固くない？　それに話している内容も、全然話題を広げる気が感じられないっていうか」

「だってね～……？」

「先輩《せんぱい》が見ている前だと思うと、どうしても緊張《きんちょう》しちゃって……」

二人は申し訳なさそうに廊下《ろうか》の広季《ひろき》を見つめてきて、つられた美優《みゆ》も視線を向けてくると

――


「――って、うわ!?　びっくりした！　座敷《ざしき》わらしがいるのかと思ったじゃん！」

「おいこら、素で忘れるんじゃやない」

広季《ひろき》が美優《みゆ》の脳天にチョップを入れると、ムッとして睨《にら》みつけてくる。

「しょうがないじゃん、ずっとだんまりで気配まで消してるんだから」

「美優《みゆ》が言ったんだろ、息の一つも入れるなって」

「あ、そういえば。……ごめんなさい」

しゅんとしてしまった美優《みゆ》の頭をぽんぽんと軽く撫《な》でてやると、美優《みゆ》は照れくさそうに頬《ほお》を赤くした。

「反省すればよろしい。――それと二人とも、俺が邪魔《じゃま》なら外に出ておくけど、どうする？」

ついでに千夏《ちなつ》と花音《かのん》にも声をかけると、二人は揃《そろ》って首を左右に振《ふ》ってみせた。

「これからはひーくんがいるのが当たり前になるんだから、ここで躓《つまず》いていられないよね」

「わたしも、精一杯《せいいっぱい》がんばります！」

「そうか。じゃあ、また見守らせてもらうよ。美優《みゆ》も切り替《か》えていけよ」

「……わかってるってば、もう」

それから撮影《さつえい》は再開されて。

今度は伸《の》び伸《の》び……というより、良くも悪くも勢いづいたトークが繰《く》り広げられて、若干《じゃっかん》どころかだいぶ空回りをしながらも、部屋の滞在時間《たいざいじかん》ギリギリまで撮《と》り直しが続けられた。

帰り道、ファミレスに寄った四人は夕食がてらに映像をチェックしてみたのだが。

『わ、わたし、さっきコレをお茶菓子《ちゃがし》と間違《まちが》えちゃったんですよ～！』

『あはは、それ食べられないから！　そもそも用途《ようと》が違《ちが》うし！』

『ちなってぃだって、さっきジェットバスを使ったときに変な声を出してたけどね～』

『ちょっと～、それ言うのナシだってば～！』

『『『あはははははっ』』』

「えーっと、これは……」

「没《ぼつ》」

「没《ぼつ》だね」

「没《ぼつ》ですね」

ラブホ女子会の動画は満場一致《まんじょういっち》で没《ぼつ》――すなわち、お蔵入《くらい》りすることが決定したようだ。

場所の雰囲気《ふんいき》にあてられたというべきなのか、途中《とちゅう》から皆《みな》のテンションはどう見てもおかしくなっていたし、編集するにしても大幅《おおはば》なカットを余儀《よぎ》なくされていただろう。

そしてこれは調べてわかったことなのだが、高校生《こうこうせい》のみでラブホテルを利用するのはいろいろとグレーな部分があるようなので、そういう意味でもこの動画は没《ぼつ》にするのが正しいという結論に至った。

つまり、初の動画制作は失敗に終わったというわけで。広季《ひろき》からすれば、まさに前途多難《ぜんとたなん》に思われたが、どうやら美優《みゆ》たちはそれほど気にしていないらしい。

「よし、切《か》り替えて夜の配信がんばろー」

「だねー！　あたし、なんか今からワクワクしてきたよー」

「わたしは、ひろ先輩《せんぱい》の名前を呼ばないように気を付けます」

「それは本当に、マストで頼《たの》むよ……」

そんなやりとりをしながら食事を終えて、四人は再び美優《みゆ》の家へと向かうことになった。

◇

午後七時。

予定していた通り、すでに開設済みのMICHIKAチャンネルにて、美優《みゆ》・千夏《ちなつ》・花音《かのん》の三人──《MICHIKA》は最初の生配信をスタートさせた。

広季《ひろき》は今回、美優《みゆ》の部屋がある二階ではなく、一階のリビングで離《はな》れて見守ることにした。

もちろん、連絡事項《れんらくじこう》や注意事項《ちゅういじこう》があれば、いつでもスマホでメッセを送って指示は出せるようにスタンバイしている。ちなみに美優《みゆ》の両親は外出中で、帰りは遅くなるとのこと。

まず出だしは前回の配信でもやったように、三人揃《そろ》っての挨拶《あいさつ》から始まった。

それから各々《おのおの》、短めの自己紹介《じこしょうかい》を済ませてから、グループを代表して美優《みゆ》が口を開く。

『前回、私の個人チャンネルで配信をした際には最後にトラブルを起こしてしまい、視聴者《しちょうしゃ》のみなさんにはご迷惑《めいわく》をおかけしたと思います。本当にすみませんでした』

三人は揃《そろ》って頭を下げて、それから美優《みゆ》は強張《こわば》らせていた表情を幾分《いくぶん》か緩《ゆる》めて話す。

『その上で、私たちからご報告があります。実は私たち《MICHIKA》の三人は、元々共通の男性とお付き合いをしていたという過去があります。もちろん、同時期にではありません。ただ、そういった共通点もあって、私がこの二人と一緒《いっしょ》に配信をやってみたいなと思ったのは事実です』

真面目なトーンでしっかりと美優《みゆ》は話しているものの、緊張《きんちょう》しているのは誰《だれ》の目にも明らかだ。

緊張《きんちょう》しているのは並んで座っている千夏《ちなつ》と花音《かのん》も同じで、見ている広季《ひろき》の方まで手が震《ふる》えそうになった。

コメント欄《らん》では応援《おうえん》する声もあれば、主に美優《みゆ》に対して中傷するような内容が投稿《とうこう》されることも少なくない。とはいえ、意外にも大半は好意的なものばかりだった。ただお祭り騒《さわ》ぎを楽しんでいるようなものも、ちらほら見受けられたが。

そんなコメントを目にしつつも、美優《みゆ》は真《ま》っ直《す》ぐにカメラを見つめて続ける。

『私たちとしても想定外の出来事から、これは視聴者《しちょうしゃ》の皆《みな》さんにお話ししておくべきだよなと思い、みんなで相談して発表することに決めました。ですので、この場であえて宣言させてもらおうと思います』

そこで美優《みゆ》は少しだけ微笑《ほほえ》んで、

『私たち《MICHIKA》は、【同じ相手に恋《こい》をした元カノ三人組配信者】をコンセプトに、これから活動していこうと思います。いわゆる開き直りってやつです、えへへ』

続くように、千夏《ちなつ》と花音《かのん》も発言する。

『ほんとに開き直る形になってるけど、あたしたちも一応は年頃《としごろ》の女子だしね～！　少しは大目に見てもらえると嬉《うれ》しいでーす』

『一応ってなんですか。それに、わたしは清く正しい交際しかしていないので、後ろめたいことはなにもないですから』

『でもかののんって、私たちにもあんまり過去の話とかしてくれないよね？』

『そ、それは、単純に恥《は》ずかしいというか……相手の人にも迷惑《めいわく》がかかるかもしれませんし』

『あざとーいっ！』

『あざとくないです！　ちい先輩《せんぱい》だって、こう見えてもうぶなくせに！』

『ちょっ、それは言わない約束でしょ～！』

『あはは、二人とも似た者同士だよね』

『みゅん先輩《せんぱい》には言われたくないです！』

『ほんとだよ～、最古参のくせにさ～』

『むぅ、時期は関係ないし』

そんな風に仲睦《なかむつ》まじくいじり合う光景を見て、広季《ひろき》は微笑《ほほえ》ましい気持ちになっていた。

それは大半の視《し》聴者《ちょうしゃ》も同じだったようで、好意的なコメントがより増えているような気がした。

その後は和《なご》やかな雰囲気《ふんいき》でトークが弾《はず》んでいき、チャンネル立ち上げの初配信は無事に終《しゅう》了《りょう》したのだった。

三章　元恋人《もとこいびと》とデートをすることになったら

週が明けて。

平日となり、学校では《ＭＩＣＨＩＫＡ》の話題で持ち切りとなっていた。

初回の配信は結果だけ見れば上々、ＭＩＣＨＩＫＡチャンネルの出だしは成功と言えるだろう。

これも比較的迅速《ひかくてきじんそく》に、騒動《そうどう》の翌日には対応をしたことが功を奏したに違《ちが》いない。

少なくとも、美優《みゆ》たちが決めた選択《せんたく》は間違《まちが》っていなかったようだ。

「つーか、昨日のみゅんサマかっこよすぎっしょ！」

「マジ惚《ほ》れた～！　顔良すぎだしぃ～！」

「あはは、惚《ほ》れたのそこなんだ」

美優《みゆ》は相変わらず取り巻きの女子たちに囲まれており、他クラスの生徒も男女が入り混じって押し寄せてきたことで、教室の中はごった返す状態になっていた。

この感じからすると、おそらくは花音《かのん》の方もすごいことになっているだろう。それに、千夏《ちなつ》のことも心配になるレベルである。

そして何よりも当然、一番話題に上《のぼ》っていたのは——

「ていうかさ、みゅんの元カレって誰《だれ》なの？　同じ中学？」

取り巻きの一人が尋《たず》ねたことで、一瞬《いっしゅん》だけ場に静寂《せいじゃく》が訪《おとず》れる。

しかし、美優《みゆ》は動じることなく、

「内緒《ないしょ》〜。かののんも言ってたけど、相手に迷惑《めいわく》がかかっちゃうからね」

「くぅ〜、元カレうらやま〜。こんな美少女三人と付き合えるとか、逆になんで別れたのか聞きたいレベルだよ〜」

「つーか、絶対超《ちょう》イケメンでしょ」

「わかるー、間違《まちが》いないわ。ワンチャン俳優まである」

(ごめんな、普通《ふつう》の一般人《いっぱんじん》で……)

広季《ひろき》は心の中で、申し訳なく思いながら呟《つぶや》いた。

ちなみに過去に聞いた広季《ひろき》の顔の評価は、美優《みゆ》からすれば普通《ふつう》、花音《かのん》からすればイケメン、千夏《ちなつ》からすれば平均以上とのことなので、あながち低いわけではないのだが、それでも取り巻きたちが想像しているようなものとは大きく異なるだろう。

「あはは、普通《ふつう》だって」

更新《こうしん》。現時点でも、美優《みゆ》からの評価は『普通《ふつう》』とのことだ。

ちなみに、数多《あまた》のお調子者な男子が便乗して自分の顔はどうかと尋《たず》ねていたが、美優《みゆ》はそれらを全て「タイプじゃない」と言って切り捨てていた。ああ言われなかっただけマシだろう。

そこでうんうんと頷《うなず》いていた広季《ひろき》に気付いたからか、取り巻きの一人が指を差して言う。

「じゃあ、羽島《はしま》とかはどう？　みゅんちゃん同中なんでしょ」

「あー……まあ、本人に聞かれない限りは失礼だから。元カレとか抽象的《ちゅうしょうてき》な相手はいいけど」

「だよねー。――羽島《はしま》、ごめんねっ」

そこで初めて美優《みゆ》の取り巻きから声をかけられて、広季《ひろき》は必死に顔が引き攣《つ》らないよう愛想《あいそ》笑《わら》いを浮《う》かべる。

「ああ、大丈夫《だいじょうぶ》。全然気にしてないから」

「ぷっ」

そこで美優《みゆ》が吹《ふ》き出した。

突然《とつぜん》のことに、周囲は騒然《そうぜん》とする。

「いやごめん、広季《ひろき》ってば、顔が全然気にしてないって顔じゃないんだもん」

（おい、このタイミングで呼び捨てはまずいんじゃないか⁉）

広季《ひろき》の心配通り、当然ながら周囲はざわつき始める。

だがそこで、取り巻きのもう一人が口を開く。

「みゅんサマと羽島《はしま》って、確か幼《おさな》馴染《じみ》でもあるんだよね。同じクラスになるまでは名字呼びだったみたいだけどさ」

「ねー、すっごく意外～」

どうやらすでに、取り巻きには広季《ひろき》を呼び捨てにすることは伝わっていたらしい。

とはいえ、美優《みゆ》にしては今の言動は軽率《けいそつ》と言えるだろう。そのせいで、広季《ひろき》は寿命《じゅみょう》が縮む思いをしたほどである。

それからは広季《ひろき》の名前が話題に上ることも、美優《みゆ》がこちらを見るようなこともなく。

周囲が騒《さわ》がしいのは相変わらずのまま、広季《ひろき》にとっては平穏《へいおん》な一日が過ぎていった。


……はずだったのだが。

昼休みを迎《むか》えるなり、それは訪《おとず》れた。

「――先輩《せんぱい》、いらっしゃいますか？」

ビクッ、と反射的に広季《ひろき》の身体《からだ》が震《ふる》える。

聞き覚えのある声にそんな呼ばれ方をして、広季《ひろき》は声がする方――教室の後ろ側の戸に視線を向けると、案の定、そこには花音《かのん》の姿があって。

「んな……っ⁉」

周囲が静まり返る中、驚愕《きょうがく》する広季《ひろき》と目が合うなり、花音《かのん》はにっこり微笑《ほほえ》んだかと思うと、

「みゅん先輩《せんぱい》、こっちです」

「もぉう、かののんってば。来るならメッセしてよね」

美優《みゆ》が呆《あき》れぎみに花音《かのん》のもとまで近づいていくと、周囲はワンテンポ遅《おく》れてから、

「「「「おおおっ！」」」」

途端《とたん》に大騒《おおさわ》ぎ。教室全体が揺《ゆ》れたのではないかと錯覚《さっかく》するほどに、周囲は大歓声《だいかんせい》を上げた。

今や校内では有名グループと言える《ＭＩＣＨＩＫＡ》の二人が、こうして並んでみせたのだ。周囲が興奮するのも無理はないだろう。

冷静に考えれば、花音《かのん》が人前で広季《ひろき》に声をかけることはないことぐらい、すぐにわかるものだが、つい動揺《どうよう》していた広季《ひろき》は危《あや》うく反応してしまうところであった。

とはいえ、花音《かのん》もそれをわざとやった節がある。現に今も、美優《みゆ》の肩《かた》の向こう側からひょこひょこと顔を覗《のぞ》かせて、広季《ひろき》のことを視認《しにん》しようとしているわけで。

(ほんとに、困った後輩《こうはい》だな)

広季《ひろき》は呆《あき》れながらも、わざわざ花音《かのん》が会いに来てくれたことを嬉《うれ》しく思っていた。

「それでかののん、わざわざ会いに来てくれて嬉《うれ》しいけど、どうかしたの？」

「いえ、べつに。少し顔が見たくなっただけですよ」

「じゃあしっかり見せてあげなきゃね」

美優《みゆ》はがっちりと両手で花音《かのん》のほっぺたを挟《はさ》み込むと、顔を間近まで近づけていく。これはもう、完全に水面下での戦いが始まっていた。

「ひょっと、近しゅぎて見えにゃいんでしゅけど」

「私はよ〜く見えるよ？　かののんの可愛《かわい》いブサ顔」

「んんっ！　ひどいでしゅ！　はにゃひてくだしゃい！」

「よーし、じゃあ一緒《いっしょ》に外でお昼を食べよっか。さっちゃんたちも良《い》いよねー？」

「「おっけー！」」

「ちょっ、せんぱぁ〜い……」

そうして、美優《みゆ》は取り巻きとともに花音《かのん》を連れて外に行ってしまった。

「ふぅ」

思わずため息がこぼれる。

ひとまずは美優《みゆ》の機転のおかげで、一難去ったようである。

だが、これでわかったが、どうやら美優《みゆ》や花音《かのん》は少々浮《う》かれているらしい。

つまりは、残る千夏《ちなつ》も同様だろう。

こういうときには、何かしらの問題が起こるものである。これはマネージャーとして、より一層注意していかなければならないと、広季《ひろき》は心に決めるのであった。

「もうっ、なんなんですかみゅん先輩《せんぱい》は！」

その日の夕方、《ＭＩＣＨＩＫＡ》の三人と広季《ひろき》は美優《みゆ》の部屋に集まったのだが、昼休みの件で花音《かのん》はすっかりむくれていた。

「まあまあ、ぶっちゃけそれってかののんが悪いわけだし。あたしからすれば、同じ学校ってだけでも十分だと思うけどな〜」

「十分じゃないですよ。同じ学校とはいえ、体育の授業をしているひろ先輩《せんぱい》を眺《なが》めたり、休み時間にわざわざ二年生の教室の前を通りかかってみたり、移動教室の際にばったり鉢合《はちあ》わせするくらいしか顔を見られる機会はありませんし」

「かののん、そんなことまでしてたんだ……」

「いやほんと、さすがに俺もびっくりだよ。正直ちょっと引いたし」

「えっ、いや、その……うぅ……」

しょんぼりしてしまった花音《かのん》を見て、広季《ひろき》がついフォローを入れようとしたところで、

「ほーら、そうやってすぐ甘やかす。マネージャーとして、その行動は正しいんですかー？」

ベッドに寝転《ねころ》がっていた美優《みゆ》がジト目を向けながら言う。そう問われると困ってしまうので、代わりに美優《みゆ》に対しても注意をしておくことにした。

「それを言ったら美優《みゆ》だって、今日の行動はちょっと軽率《けいそつ》だったんじゃないか？」

「呼び捨てのこと？　べつに良《い》いでしょ、どうせいつかはバレるんだし」

「そうかもしれないけど、タイミングがな……」

そこで美優《みゆ》は起き上がって、パンと手を鳴らす。

「そんなことより、これからアップする動画の内容を決めていかないと。実はこの三人が揃《そろ》うのって、休日でもない限りはなかなか時間が取れないから、今後はいろいろなネタを撮《と》れるタイミングで撮《と》り溜《だ》めしておいて、後々動画を投稿《とうこう》する形が増えると思う。生配信は、基本的に土日のどっちかになるかな」

「だねー。あたしも一応モデルとバイトを掛《か》け持ちしてるし、かののんだってバレエのレッスンがあるもんね」

「はい。なるべく参加はしたいですけど、今日もこれからレッスンがありますし」

「みんな忙《いそが》しいんだよな」

それに比べて広季《ひろき》は部活もやっておらず、バイトは週三~五日程度なので、割と時間が取れる方だ。

そんな広季《ひろき》のスケジュールを把握《はあく》しているからか、美優《みゆ》は不敵な笑《え》みを浮《う》かべて言う。

「大丈夫《だいじょうぶ》、そんな広季《ひろき》に朗報だけど、これから動画の編集作業とかは諸々《もろもろ》、広季《ひろき》にも手伝ってもらうから。今まで全て私がやってたんだけど、これが結構大変でさ」

「それはもちろんいいけどさ。その辺はまだ素人《しろうと》だから、あんまり一気に押し付けてくれるなよ?」

「わかってるって。そのぶん収入も入るようになれば、苦労にも見合うようになるから」

「その辺りの配分はお任せするよ。――で、動画内容をどうするかだよな」

「うん。とりあえず、ある程度は無難にいこうと思ってまとめてきた」

そう言って、美優《みゆ》が動画内容の一覧を見せてくる。

そこには、いわゆる王道の企画《きかく》がずらりと列挙されていた。

「なんかどっかで見たようなのばっかりだね」

「でも、踊《おど》ってみた動画とかもありますね！　嬉《うれ》しいです」

「まあ、ひとまずは質より量かなと思って。定期的に動画はアップし続けないと、視聴者《しちょうしゃ》も離《はな》れていっちゃうと思うから」

「「「なるほど……」」」

ちなみに、先日の配信のおかげもあって、ＭＩＣＨＩＫＡチャンネルの登録者数は順調に伸《の》び続けており、未《いま》だに配信動画のアーカイブも視聴数《しちょうすう》が伸《の》び続けている。ここは次の出方が試《ため》される場面だろう。

「で、改めて聞くけど、直近で何かやりたいこととかアイデアがある人は？　なるべく実現可能なやつだと助かるんだけど」

そんな美優《みゆ》の問いに対して、花音《かのん》が真っ先に手を挙げてみせた。

「じゃあ、かののん」

「わたしはですね、動画の内容についてではないんですが、調べたときにちょっと気になったシステムがあって」

「システム?」

「はい、ギフチャっていうらしいんですけど」

ギフチャというのはギフトチャットの略称《りやくしよう》で、いわゆる視聴者《しちようしや》からの投げ銭機能のことである。配信者にとっては収入源の一つにもなるが、利用するにはいくつかの条件があったはずだ。

「あー、あるね。まだ私たちじゃ利用できないと思うけど」

「そうみたいですね。投稿《とうこう》している動画の総再生時間が一定の数値を超《こ》えている必要があったり、他にもいろいろと条件があるみたいなんですけど、それを使えれば有意義なことができそうだと思って」

「「「有意義なこと?」」」

広季《ひろき》たちが不思議に思って続きを促《うなが》すと、花音《かのん》は目を輝《かがや》かせて言う。

「たとえばですけど、そういう機能を使って人気投票をしてみたりとか」

「人気投票、ね」

考え込むようにして俯《うつむ》く美優《みゆ》に対して、花音《かのん》は説得をするように続ける。

「ほら、そのギフチャに誰《だれ》か好きなメンバーの名前を入れてもらうとかすれば、集計とかができるかなって。でも公《おおやけ》にすると角が立つと思うので、あくまで内々で」

「内々って、結果どころか企画《きかく》をやること自体、公表しないってこと?」

「はい。そうであれば、視聴者《しちょうしゃ》に迷惑《めいわく》をかけることもありませんし」

　そこで千夏《ちなつ》は挙手をしてから言う。

「まあ公表云々《うんぬん》は置いといて、つまりはメンバー間で競《きそ》い合うってことだよね。それってやる意味ある？　なんかギスギスしそうだけど」

　いまいち賛同しかねている様子の千夏《ちなつ》に対して、花音《かのん》がなおも目を輝《かがや》かせて言う。

「べつに、競《きそ》うこと自体は悪いことじゃないと思います！　むしろ変にギスギスしたくないからこそ、そういう勝負の場で潔《いさぎよ》く決着をつけるべきだというか！」

「決着って？」

　何やらすでに察しているらしい美優《みゆ》がジト目を向けながら尋《たず》ねると、花音《かのん》は腹を括《くく》った様子で立ち上がって言う。

「たとえばですけど、そこで人気が一番になった人が、チャンネルへの貢献度《こうけんど》も高いということで、なんでも一つ願い事を叶《かな》える権利が貰《もら》えるとか！」

「へぇ、かののんにはなにか叶《かな》えたい願い事があるんだ？」

「はい！　具体例を挙げるとですね、一位になった人は――ひろ先輩《せんぱい》と復縁《ふくえん》できる、とかはどうでしょうか⁉　わたし、それならすっごく頑張《がんば》れちゃいます！」

　まさに堂々と言い切った花音《かのん》を前にして、広季《ひろき》はただひたすらに呆然《ぼうぜん》としていた。

　そして、他二人は頭を抱《かか》えてやれやれと項垂《うなだ》れている。

前々から感じていたことだが、もはや花音《かのん》は広季《ひろき》への好意を隠《かく》すつもりはないようだった。競《きそ》い合って、その結果で報酬《ほうしゅう》をもぎ取る——実に体育会系らしい考え方である。花音《かのん》は容姿こそは可憐《かれん》だが、その実、中身はまさに体育会系気質そのものなのだった。その辺りは他者と美を競《きそ》い合う、バレエという競技に取り組んでいることが関係しているのかもしれない。

そんな花音《かのん》の申し出に、美優《みゆ》は代表として真顔で答える。

「却下《きゃっか》。——ひとまず、今はね」

「なんでですかー！」

花音《かのん》は頰《ほお》を膨《ふく》らませて、全力で抗議《こうぎ》する姿勢を取っている。

「そんな可愛《かわい》くむくれられてもね。まず、報酬《ほうしゅう》に魅力《みりょく》がないし」

「おい、言い方」

すかさず広季《ひろき》がツッコミを入れるものの、美優《みゆ》は無視して続ける。

「それに、そんな私情絡《がら》みのものに視《し》聴者《ちょうしゃ》を巻き込むのはいまいち納得《なっとく》がいかないっていうか。仮に、迷惑《めいわく》がかからないとしてもね」

「美優《みゆ》……」

こういうところは誠実だな、と広季《ひろき》は感じさせられる。これも人気配信者となれた要因の一つなのかもしれないと感心していたのだが、

「……それを言ったら、この活動自体が私情絡《がら》みじゃないですか」

ぼそりと、呟《つぶや》くように花音《かのん》が口にした。

その瞬間《しゅんかん》、美優《みゆ》も千夏《ちなつ》も気まずそうに視線を逸《そ》らす。

ここへきて、空気が一気に重くなったように感じた。

ゆえに、戸惑《とまど》った広季《ひろき》は三人を見回して言う。

「ど、どうしたんだよ、みんな。そりゃあ、この活動も突《つ》き詰《つ》めれば個人の娯楽《ごらく》かもしれないけど、でも――」

「違《ちが》うの、広季《ひろき》。かののんが言ったことは正しくて、だけど広季《ひろき》が思っているような意味じゃないから」

言葉を遮《さえぎ》って告げた美優《みゆ》は苦々しい表情をしていて、広季《ひろき》はどう返答すればいいのか困ってしまう。

だから代わりに、その答えを尋《たず》ねることにした。

「なら、どういう意味なのか教えてくれ。この活動に対する、美優《みゆ》の私情ってやつをさ」

「……言わない」

「どうして？」

「まだ、言いたくないから」

きっぱりと言いきられてしまい、広季《ひろき》は口をつぐむ。

そこで花音《かのん》が鞄《かばん》を手にして、代わりとばかりに口を開く。

「空気を悪くしてしまって、すみませんでした。さっきのことは忘れてください。今日はもう時間なので、これで失礼しますね」

「あ、かののん──」

引き留めるように声をかけた美優《みゆ》に対して、振《ふ》り返った花音《かのん》は微笑《ほほえ》んで言う。

「動画を撮《と》るときは呼んでくださいね。できる限り参加するので。──では」

そう言って、部屋を出ていった。

「今日は解散だね。あたしもいろいろとアイデアを考えておくよ」

千夏《ちなつ》はぎこちなく笑《え》みを浮《う》かべながら言うと、それから帰り支度《じたく》を始める。

「うん、ごめん……」

俯《うつむ》きながら謝罪をする美優《みゆ》を見ていると、広季《ひろき》の胸はざわついて落ち着かなかった。

ただ、今の広季《ひろき》にはかける言葉が見つからず。

千夏《ちなつ》とともに美優《みゆ》の家を出て、そのまま別れるのだった。

◇

一週間ほどが経《た》った。

あれからＭＩＣＨＩＫＡチャンネルは何本か動画を投稿《とうこう》しているが、どれもあまり視聴回《しちょうかい》数《すう》は伸《の》びていなかった。

動画の内容は三人でラーメンの大食いチャレンジをしたり、カードゲーム（大富豪《だいふごう》）をやってみたり、千夏《ちなつ》が単独でモーニングルーティンを披露《ひろう》したりと、割と王道的なものばかりである。

千夏《ちなつ》のモーニングルーティン動画に関してはそれなりの視聴回数《しちょうかいすう》を記録したものの、それでも状況《じょうきょう》が好転するほどではなく。三人が揃《そろ》う時間はなかなか作れずに、土日に生配信を実施《じっし》することができなかったことも痛手となっていた。

メンバー間のぎくしゃくした空気も相変わらずで、どうにも上手《うま》く嚙《か》み合っていないようだ。

つまりは、結成から早くも暗雲が立ち込めていた。

その日の放課後、広季《ひろき》はバイト前に校内の格技棟《かくぎとう》まで足を運んでいた。

というのも、以前に花音《かのん》がバレエの自主練に格技棟《かくぎとう》を利用することがある、といった話をしていたからだ。

事前に花音《かのん》からバレエのレッスンスケジュールは共有してもらっているので、今日はレッスンが入っていないことは確認済《かくにんず》みである。

（いるといいんだけどな）

壁一面《かべいちめん》に大きな鏡が設置されている格技棟内《かくぎとうない》は、普段《ふだん》であればダンス部や剣道部《けんどうぶ》、それに柔道部《じゅうどうぶ》などが利用することが多い。

花音《かのん》が格技棟《かくぎとう》を利用するのは、他の部活動が使用していない場合だと言っていたので、いない可能性も高いと思いつつ、広季《ひろき》は入り口から中を覗《のぞ》いてみたのだが——。

フローリングの床《ゆか》を、軽《かろ》やかな動作で舞《ま》う体操服姿の少女が一人。

バレエシューズの爪先《つまさき》を立てて、くるくると回るその様は、まさに天使や妖精《ようせい》のようで。

小窓から夕日が差し込む格技棟内《かくぎとうない》には、自主練中の花音《かのん》の姿があった。

集中しているためか、花音《かのん》はこちらに気付いておらず。

彼女がひと通りの舞《ま》いを終えたところで、広季《ひろき》は自然と拍手《はくしゅ》を送っていた。

「あっ、ひろ先輩《せんぱい》!」

こちらに気付いた花音《かのん》は、途端《とたん》に顔を輝《かがや》かせて駆《か》け寄ってくる。

ひょこひょこと嬉《うれ》しそうに近づいてくるその姿は愛らしい小動物のようで、どうにも庇護欲《ひごよく》をそそられる。

「花音《かのん》ちゃん、おつかれさま」

「わざわざ会いに来てくれたんですねっ、すっごく嬉《うれ》しいです!」

「ちょっと話したくなってさ。中に入っていいかな?」

「はい、どうぞ」

広季《ひろき》が上履《うわば》きを脱《ぬ》いでから中に入ると、花音《かのん》が数歩ぶん距離《きょり》を取る。

何やらそわそわしているように見えて、不思議に思った広季《ひろき》は首を傾《かし》げた。

「どうかした？」

「わたし、今はちょっと汗《あせ》くさいかもしれないので……」

「あ、ごめん、気《き》が利かなかったな」

「い、いえ、そんなことはないですけど……」

花音《かのん》は赤面しながら、慌《あわ》てた様子で自らのカバンからタオルを取り出して、汗《あせ》を拭《ふ》いていく。

そこで広季《ひろき》が来る途中《とちゅう》で買ったスポーツドリンクのペットボトルを差し出すと、嬉《うれ》しそうに「ありがとうございます」と言って受け取った。

壁際《かべぎわ》に広季《ひろき》が腰《こし》を下ろすと、その隣《となり》──から少し距離《きより》を置いた位置に、花音《かのん》も体育座りをしてみせる。これが花音《かのん》の許せる距離《きより》ということだろう。

花音《かのん》が水分補給を済ませたことを確認《かくにん》してから、広季《ひろき》はゆっくりと口を開く。

「花音《かのん》ちゃんはさ、頑張《がんば》り屋《や》だよな」

「ふふ、いきなりどうしたんですか？　褒《ほ》めてくれるのは嬉《うれ》しいですけど」

「いや、その……それに比べて俺は、なにもできていないと思ってさ。──って、自虐《じぎゃく》されても困るよな」

つい、弱音を吐《は》くような形になって情けなく思ってしまう。

ただ、花音《かのん》はそう思っていないようで。

「ひろ先輩《せんぱい》がなにもできていないなんてことはありませんよ。先輩《せんぱい》がいるおかげで、わたしたちは本気になることができたと思いますし」

「そんなこと……」

「ありますよ。それにこの前も言った通り、少なくともわたしは私情絡《がら》みですから」

花音《かのん》は体育座りをした膝《ひざ》の上に頬《ほお》を乗せながら、いたずらっ子のように微笑《ほほえ》んでくる。

その仕草はどうにもあざとく思えて、けれど間違《まちが》いなく可愛《かわい》らしくて。

広季《ひろき》はドキドキしながらも、視線を逸《そ》らして返答する。

「ちょっと安心したよ。俺と二人のときは、いつも通りみたいでさ」

「なんかそう言われると複雑です。まあ、落ち込むひろ先輩《せんぱい》を慰《なぐさ》められたなら、それはそれでいいんですけど」

先日、花音《かのん》がギフトチャットの提案時に発した告白まがいの発言については、広季《ひろき》も思うところがある。

だが、何度振《ふ》ろうがめげなかった昔の花音《かのん》のこともあるので、今ここで答えを出すのも違《ちが》う気がして。

だから広季《ひろき》は、とりあえず当《あ》たり障《さわ》りのない範囲《はんい》で感想を口にする。

「この前のことだけど、その……とりあえず、嬉《うれ》しかったのは間違《まちが》いないから」

「……はい」

意外にあっさりとした返事だったので横目に見ると、花音《かのん》は顔を真っ赤にしながら俯《うつむ》いていて。

つられて照れが込《こ》み上げてきた広季《ひろき》は、気を取り直そうと思い、前方に向き直る。

「それで、その、俺が言うのも違《ちが》うかもしれないけど、なるべく美優《みゆ》たちとは仲良しのままでいてもらった方が有《あ》り難《がた》い、かな。グループの活動的に」

「ですよね。なるべく、意識します」

「……というか、ごめん。話す内容とか、実はちゃんとまとめてきたわけじゃないんだ。俺も現状をどうすればいいのかわかっていなくて。ただ今日はなんとなく、花音《かのん》ちゃんの顔を見て話したくなったというか」

「…………嬉《うれ》しいです」

隣《となり》を見ると、花音《かのん》は赤面しながらも真《ま》っ直《す》ぐに見つめてきていて。

これは言葉のチョイスを間違《まちが》えたかもしれないと、広季《ひろき》は後悔《こうかい》をしながらも言う。

「いやもちろん、今のはマネージャーとしてだぞ。あくまで三人に上手《うま》く連携《れんけい》を取ってもらうために、というか」

「はい、ちゃんとわかってますよ？　えへへ」

「本当にちゃんと意図が伝わっているのか、俺は心配だよ……」

とろけそうな花音《かのん》の顔を見ていると、広季《ひろき》は何かをやらかしたような気分になってしまう。

ただまあ、喜ぶ花音《かのん》の顔を見ていて、悪い気がしないのは確かで。

これ以上この場にいると、事態はとんでもない方へと向かう気がしたので、広季《ひろき》は勢いよく立ち上がる。

「練習の邪魔《じゃま》をして悪かったな。この後バイトがあるから、俺はそろそろ行くよ」

「あ、はい、よかったらまた来てください。——それと、これから自主練をするときは、ひろ先輩《せんぱい》にだけ連絡《れんらく》を入れますね」

「調子に乗るなって」

頭に軽くチョップをすると、花音《かのん》は悪びれずに舌を出してみせる。

そのまま広季《ひろき》は格技棟《かくぎとう》を出ようとしたところで、言い忘れていたことに気づいて振《ふ》り返る。

「それと、今日は久々に花音《かのん》ちゃんがバレエをするところを見たけど、やっぱりすごく綺麗《きれい》だったよ。——じゃあ、またな」

「は、はい！　お気をつけて！」

花音《かのん》は満面の笑《え》みを浮《う》かべたかと思うと、そのまま鼻歌交じりに舞《ま》い始める。

また余計なことをしたのかもしれないと思いつつ、広季《ひろき》は急いでバイト先へと向かった。


「はぁ……」

モップを片手に、広季《ひろき》はため息をつく。

カフェ・フロラ。都心から少し外れた脇道《わきみち》でひっそりと経営する、若者に人気のダイニングカフェにて。フロアスタッフとしてバイト中の広季《ひろき》は営業時間が終了《しゅうりょう》したことで、すっかり気が抜《ぬ》けていた。

「こら、掃除《そうじ》中《ちゅう》でもため息はつかない」

「あ、すみません——って、千夏《ちなつ》さんか」

振《ふ》り返ると、同じくフロアスタッフを務める千夏《ちなつ》が微笑《びしょう》交《ま》じりに立っていて。

やはり深緑色のシャツに腰掛《こしか》けエプロンを合わせたこの店の制服は、千夏《ちなつ》のためにあると言っても過言ではないなと、その似合い具合を見た広季《ひろき》は改めて実感する。

「気持ちはわかるけどね。正直、配信活動はあんまり上手《うま》くいってないし」

「やっぱり、そうだよな」

「でもまあ、二人の気持ちもわかるしね〜。こればっかりは、なるようにしかならないっていうか」

諦観《ていかん》したように話す千夏《ちなつ》はどこか遠くを見ているようで、広季《ひろき》はそれが気になった。

「あのさ、この前の話の続きを聞いてもいいかな?」

「この前って?」

「ほら、ホテルの部屋で話したときの」

その瞬間《しゅんかん》、千夏《ちなつ》は赤面してみせる。

一応、『ホテル』という単語で濁《にご》したつもりだったが、やはり千夏《ちなつ》からすれば恥《は》ずかしいものらしい。

「ごめん、あの場所を意識させたかったわけじゃなくて。千夏《ちなつ》さんが配信活動に参加しようと思ったきっかけというか、理由を改めて聞いておきたいと思ってさ」

「あ〜、なるほどね！　あたしこそごめん、変に意識しちゃって。そうだよね、べつにあのときだってなにもなかったわけだし、みゅんちゃんたちもいたもんね」

「そうそう、だからできれば気にしないでほしいんだ」

「うん、わかった。――それで、あたしが配信活動に参加した理由だよね。この前は確かに、話の途中《とちゅう》で終わったもんな〜」

モップ掛《が》けをしながら、千夏《ちなつ》は少しばかり考えたかと思えば、

「やっぱり、ノリかな。なんとなく流されて〜、みたいな」

淡々《たんたん》と語るその言葉は紛《まぎ》れもない本心のようでいて、けれど取り繕《つくろ》っている部分もあるように思えた。

とはいえ、そこを追及《ついきゅう》する気にはならず。

「美優《みゆ》って、強引《ごういん》だもんな」

「そうそう、グループに勧誘《かんゆう》してきた日なんか店の前で待っててさ。そこだよ？　すぐ出たとこ。すごく可愛《かわい》い子がいるな〜と思ったら、いきなりファンですって言われて、しかもひーく

んの元カノだって言うしさ。あたし、最初はなにかされるのかと思ってヒヤヒヤしたよ」

「はは、すごい行動力だよな」

広季《ひろき》も一緒《いっしょ》にモップ掛《が》けをしながら返事をすると、千夏《ちなつ》は苦笑《くしょう》しつつも続ける。

「あたしってさ、こんな見た目だけど根暗じゃん？　だからみゅんちゃんみたいな子とか、最初に会ったときは正直苦手で。──あ、これ本人には内緒《ないしょ》だよ～？　言ったら怒《おこ》るからね」

「わかってるって。俺も、千夏《ちなつ》さんがあの二人とよく打ち解けられたなって感心していたくらいだし」

「いやほんと、あたし頑張《がんば》ったよ……。みゅんちゃんはともかく、かののんなんて超希少種《ちょうきしょうしゅ》じゃん。こっちの業界って、ああいうタイプの美少女とかいないからさ、もうテンパったのなんのって」

「確かに花音《かのん》ちゃんは、結構珍《めずら》しいタイプだよな」

あの低身長であれば、まずモデル業界にはいないだろう。それに堂々とツインテールにしているのも、なかなか出来ないことである。

「でも二人とも、すっごく良い子なんだよね。あたしの意見もちゃんと聞いてくれるし、テンポ感っていうの？　そういうのを年上だからとか関係なく、大事にしてくれるというか」

「まあそのぶん、二人とも前が見えなくなるときは多いけどな」

「それ、だいたいはひーくん関連のときだよ」

「そ、そうかな？」

「そうだって、絶対！　もぉう、ほんとそういうとこあるよねー」

「なんかすみません……」

反省して項垂《うなだ》れる広季《ひろき》を見て、千夏《ちなつ》は愉快《ゆかい》そうに笑う。

たまらず広季《ひろき》は拗《す》ねるようにして背を向けた。

「そういう笑顔《えがお》、もっと二人の前でも見せればいいんじゃないか？　それに趣味《しゅみ》のことだって、まだ二人に話していないんだろ。美優《みゆ》は普通《ふつう》にオタクみたいだし、ゲームの実況配信《じっきょうはいしん》もしたがっていたくらいだから、多分平気だと思うぞ」

お返しというわけではないが、広季《ひろき》は思ったことを口にすると、千夏《ちなつ》はすぐに表情を曇《くも》らせる。

「まあねー、そうできれば苦労しないんだけど、これがなかなか勇気はいるんだよね〜。……あたしみたいな陽《よう》キャ面《づら》してるのが、実はガチなゲーマーで、根暗な引きこもり女だってカミングアウトするのってさ」

実は千夏《ちなつ》は相当なゲーマーで、公式の大会でも入賞するほどの腕前《うでまえ》なのだ。得意なゲームはFPSや格闘《かくとう》ゲームなど、多岐《たき》にわたる。

それも今は広季《ひろき》と二人きりだからこそ、こうして気軽に話すことができているわけだが。

彼女からすれば、そうしたインドアな部分はなるべく出したくないようで、まだ美優《みゆ》や花音《かのん》には打ち明けられていないらしい。確かにライトぎみなオタクの美優《みゆ》とは、触《ふ》れているジャンルなども全く異なるだろう。

広季《ひろき》は千夏《ちなつ》と交際している最中に、不測の事故によって彼女のオタク趣味《しゅみ》について知ってしまったわけだが、それ以降は広季《ひろき》に対してのみ、千夏《ちなつ》はそういった話をしてくるようになった。

ゆえに、こうして二人きりのときにはタガが外れることも少なくなく。

「てかね、聞いて！　この前のアプデが凄《すご》くてさ～！　やっとあたしのスナイプの時代がきたって感じ！　超《ちょう》キル数稼《かせ》ぎまくりで！　もちろん、マナーは守ってるよ。それにね──」

唐突《とうとつ》に千夏《ちなつ》は話したいことを思い出したらしく、早口で語り始める。

これはおそらく、千夏《ちなつ》が以前からプレイしているＦＰＳゲームの話だろう。広季《ひろき》はプレイしていないのでついていけないが、それでも楽しそうに話す彼女の姿を見るのは、いつだって退屈《たいくつ》しなかった。

ゆえに、広季《ひろき》は彼女の方へと振《ふ》り返ってから、思ったことを口にする。

「千夏《ちなつ》さんのそういうところ、いつか二人にも見せられるといいな。少なくとも、俺にとっては魅力的《みりょくてき》に思えるし」

「……いきなりそういうの、ずるいってば。ぶっちゃけ、照れるし」

途端《とたん》に千夏《ちなつ》は赤面して、我に返った様子で俯《うつむ》いてしまう。

しかし、広季《ひろき》はなおも遠慮《えんりょ》せずに言う。

「べつに、本当のことを言っただけなんだけどな。俺からすれば、千夏《ちなつ》さんの趣味《しゅみ》が恥《は》ずかしいことだとは思わないし、むしろそういう趣味《しゅみ》や特技があるなんて羨《うらや》ましいくらいだよ」

「だから、そういうところだってば。――……あたしはひーくんに話せれば、それで十分なのにな」

千夏《ちなつ》は相変わらず渋《しぶ》っている様子。

自分にだけ見せてくれる一面があるというのは嬉《うれ》しいことだが、広季《ひろき》としては、千夏《ちなつ》が伸《の》び伸《の》び活動してくれることが一番大切に思えていて。

とはいえ、これ以上は押し付けにもなってしまう気がしたので、広季《ひろき》は微笑《ほほえ》みながら言う。

「そういうことにしておくよ。しつこく言ってごめんな」

「ううん、あたしの方こそ。……けど少なくとも、今は無理だし。二人ともどんどん変わっていくしさ」

「美優《みゆ》と花音《かのん》ちゃんが？」

変わっていく、という発言に広季《ひろき》は驚《おどろ》いて尋《たず》ねる。

すると、千夏《ちなつ》は遠い目をして言う。

「そうだよ。最初に三人で顔を合わせたときにはさ、なんか仲間って感じがしたんだけどなー……」

「仲間？」

続けて尋《たず》ねると、千夏《ちなつ》はこくりと頷《うなず》いてみせる。

「おんなじ境遇《きょうぐう》を共有する仲間、みたいな。要するに、傷の舐《な》め合いなんだけどさ」

「あー、そういう……」

つまり千夏《ちなつ》は最初、『広季《ひろき》の元カノ』という三人の共通点に居心地《いごこち》の良さを覚えたというわけだ。

まさにその要因である広季《ひろき》からすれば、なんとも複雑な気分になるが、不思議と悪くは感じなかった。

「今は違《ちが》うのか？」

「違《ちが》うねー。なんか、良くも悪くも動画配信グループのメンバーって感じ」

「おかしいな、俺からすれば悪くない変化に聞こえるんだけど」

「あはは、悪くないって。良《い》いことなんだと思う。けど、あのどうしようもない気持ちを共有できていたときが、やたらと心地《ここち》よかったんだよなーって……」

「それって、やっぱり俺がグループに参加したから変わったのかな？」

広季《ひろき》が申し訳なく思って尋《たず》ねると、千夏《ちなつ》は首を左右に振《ふ》る。

「きっかけは謝罪配信だったと思う。多分、遅《おそ》かれ早《はや》かれこうなっていたとは思うんだけど、あそこでようやく動画配信者の活動が本格的に始まったからなんだろうね～」

確かに、あそこで一種のスタートを切れたのは間違《まちが》いないだろう。

ただ、それでも広季《ひろき》としてはいまいち納得《なっとく》がいかなくて。

「でも、俺が言うのもなんだけど、花音《かのん》ちゃんなんてむしろ、あそこから本格的に恋愛《れんあい》まっしぐらに動こうとし始めた気がするんだよな。……って、そういう意味では確かに変わってきているのか」

「あははっ。ほんと、それをひーくんが言うとかやば～！」

再び愉快《ゆかい》そうに笑われて、広季《ひろき》は照れ隠《かく》しに窓拭《まどふ》きの作業へと移行する。

「どうとでも思ってくれ。けど、ああもはっきり言われるとさ」

「ちょっとさすがに直球過ぎたよねー。けどまあ、あたしからすれば二人とも……」

「えっ？」

「いや、ごめん、今のは聞かなかったことにして。ほんとにごめん」

「さすがにそれは無理があると思うんだけど……。花音《かのん》ちゃんにしてもそうだけどさ、二人とも、その……――美優《みゆ》が俺に未練を持っていると思っていないか？」

しばらく待っても返事がないので振《ふ》り返ると、千夏《ちなつ》は素知らぬ顔でモップ掛《が》けを続けていた。

「おーい、千夏《ちなつ》さーん？」

「…………」

「コミュ障を直すためにカフェでバイトを始めた千夏《ちなつ》さ――」

「ちょっ、それ禁止！　もう言うなって言ったっしょ⁉　誰《だれ》かに聞かれたらどうすんの⁉」

　怒鳴《どな》りながら、千夏《ちなつ》がモップの柄先《えさき》でつついてくる。顔がすでに真っ赤である。

「痛い痛い、悪かったって。でもやっぱり、聞こえてるんじゃないか」

「ひーくんが答えづらいこと聞くからでしょ～！　あー、もうバイト終わりなのに無駄《むだ》な体力使わせないでよ！」

「ごめんって、もう聞かないから」

「ったくもー」

　千夏《ちなつ》がカフェでアルバイトを始めた理由に関しては、本人にとって黒歴史であるらしく、どうしても他人には聞かれたくないらしいのだ。

　このホールには今二人きりではあるものの、その必死さは凄《すさ》まじいものであった。

　ひとまず反省した広季《ひろき》が口を閉ざしていると、ようやく落ち着いたらしい千夏《ちなつ》がため息交じりに言う。

「まあ実際のところ、あたしも二人に付いていければ、関係は変わらなかったのかもしれないけどさー」

　広季《ひろき》は一瞬《いっしゅん》だけ、千夏《ちなつ》が自分との交際関係について言及《げんきゅう》してきたのかと思ったが、すぐにその認識《にんしき》を改める。

　改めたことで、広季《ひろき》の中では腑《ふ》に落ちたような感覚が生まれていた。

「掃除中《そうじちゅう》のため息はダメなんじゃなかったのか？」

「今回は特別だってば〜。ったく、人が真面目な話をしているっていうのにさ〜」

「俺にはその辺りのことは確信を持てないけど。でも要は、今の活動だと『元カノ三人組』だっていう感覚が薄《うす》いって認識《にんしき》で間違《まちが》っていないかな？」

「えっと、まあ、そんな感じかもね」

「なるほどな。それなら、なんとかできるかもしれない」

「どういうこと？」

不思議そうに千夏《ちなつ》が尋《たず》ねてくる。

それに対して、広季《ひろき》はすぐさま答えてみせる。

「停滞《ていたい》ぎみの現状を、打開できるかもしれないってことだよ」

珍《めずら》しく自信満々に告げた広季《ひろき》を見て、千夏《ちなつ》はなおも不思議そうに小首を傾《かし》げてみせた。

◇

午後十時過ぎ。

バイト帰りの広季《ひろき》は、のどか公園で美優《みゆ》の姿を見かけた。

真《ま》っ暗闇《くらやみ》の中、制服姿の美優《みゆ》は俯《うつむ》きながらブランコに座り、けれど漕《こ》ぐつもりはないようだった。

昔からああだ。悩《なや》んだり、困ったりするようなことがあれば、美優《みゆ》はいつもこの公園に逃《に》げ込む。

もっとも、こんなに遅《おそ》い時間に見かけるのはこれが初めてだが。もうじき補導をされてもおかしくない時間帯になるし、単純に危ないので心配にもなる。

「よっ。こんな時間に何をやってるんだ？」

ひとまず、軽いノリで声をかけてみた。あまり心配している風だと、うざがられると思ったからだ。

すると、美優《みゆ》は不機嫌《ふきげん》そうに視線だけ向けてくる。

「そっちこそ、こんな時間までデートとか」

「バイトだよ……」

広季《ひろき》は呆《あき》れながらも隣《となり》のブランコの上に立ち、ゆっくりと漕《こ》ぎ始める。

「なんのつもり？　誰《だれ》かにこんなところを見られたら、勘違《かんちが》いされるんですけど」

「かもなー」

「うわ、うっざ……」

結局うざがられてしまった。相変わらず辛辣《しんらつ》な当たりを受けて、広季《ひろき》の心は折れそうになりながらも気を保つ。

「最近、あんまり寝《ね》てないだろ」

「どうして？」

「目の下の隈《くま》、すごいからさ」

「暗いのによくわかるね」

「朝見たんだよ。ファンデーションじゃ隠《かく》しきれてなかったぞ」

「どんだけ見てんの……最悪」

恥《は》ずかしそうに目元を覆《おお》う美優《みゆ》を見て、広季《ひろき》はふっと微笑《ほほえ》む。

「動画のことでも考えていたのか？」

「まあね。いろいろ勉強しなきゃだから」

「勉強、か」

「そ。人気配信者はすごいんだよ。ワンアイデアを自分なりの動画に落とし込んだり、着眼点を変えて普通《ふつう》じゃ思いつかないようなことをやったりしてさ。そういうの、心底尊敬する」

そう話す美優《みゆ》は生き生きとしている。

広季《ひろき》からすれば、そうやって他者から学び、ひたむきに努力ができるところこそ、尊敬に値《あたい》すると感じていた。

だが、美優《みゆ》は話し終えるなり、また俯《うつむ》いてしまう。

そんな彼女を励《はげ》ますつもりで、広季《ひろき》は口を開く。

「美優《みゆ》だって、自分のチャンネルや他のＳＮＳではヒットしているじゃないか。もうあのフォロワー数は軽く有名人だろ」

「あれ？　広季《ひろき》って、他のSNSもチェックしてたの？」

美優《みゆ》が顔を向けて意外そうに尋《たず》ねてくると、妙《みょう》な気恥《きは》ずかしさを覚えた広季《ひろき》は咄嗟《とっさ》に視線を逸《そ》らす。

「ま、まあ、クラスのやつらと同じ程度にはな」

「へぇ～、ふぅ～ん」

「なんだよ、その顔」

したり顔というか、ドヤ顔というか、とにかく見ていると腹が立つその顔は、こちらの反応を楽しんでいるようだった。

「べつにぃ～。ただ、やっぱり広季《ひろき》も私に未練があるのかな～と思ってさ」

「それはないって。俺が美優《みゆ》と付き合っていたのなんて、何年前の話だと思ってるんだよ」

「……まあ、そうだよね。私も、そうじゃなきゃ困るっていうか」

後半の方はボソボソとしていて聞き取りづらかったが、意味深なことを言われたのはわかった。

「どういうことだ？」

「なんでもないから、気にしないで」

「なんでもないことないだろ」

「いいから」

こうなった美優《みゆ》はとことん譲《ゆず》らないだろう。だから広季《ひろき》もこれ以上尋《たず》ねるのは諦《あきら》めた。

「わかったよ、悪かったな」

「うん。……じゃあ、私帰るから」

どうしてだか、ふらふらとした足取りで立ち上がって去ろうとする美優《みゆ》の背に、広季《ひろき》は言葉を続ける。

「あのさ、ちょっと話したいことがあるんだけど」

「へっ⁉」

美優《みゆ》は心底驚《おどろ》いた様子で振《ふ》り返り、目をぱちくりとさせる。

どうしてこんなリアクションを取っているのかと広季《ひろき》は不思議に思ったが、そこで昔に美優《みゆ》へ告白をするときに、同じような言葉で呼び出したことを思い出した。

「あ、いや、その……悪い、今回はそういう話じゃなくて」

その途端《とたん》に、美優《みゆ》の肩《かた》から力が抜《ぬ》けるのがわかった。

「なに？」

そして明らかに機嫌《きげん》を損《そこ》ねたようである。その目つきからは、軽く殺気すら感じるほどだ。

けれど、広季《ひろき》は臆《おく》さずに伝える。

「えっと、動画のことで俺にアイデアがあるんだ。できれば、花音《かのん》ちゃんと千夏《ちなつ》さんにも聞いてほしいんだけど」

「そ。なら、明日二人も呼ぶからそこで話して」

「わかった」

「……じゃ、おやすみ」

そんな挨拶《あいさつ》を残して、美優《みゆ》は歩き出す。

「ああ、おやすみ――って、俺も一緒《いっしょ》に帰るから！」

どうせ帰る道は同じなのだからと、広季《ひろき》も急いで美優《みゆ》の後に続いた。

◇

翌日の放課後。

再び美優《みゆ》の部屋には、広季《ひろき》と《ＭＩＣＨＩＫＡ》の三人が揃《そろ》っていた。

だが、依然《いぜん》として空気は重い。主に美優《みゆ》と花音《かのん》の関係によるものだ。

二人ともここ最近、動画を撮影《さつえい》しているときには自然に振《ふ》る舞《ま》うようにしているが、それでもぎこちなさのようなものは出ていて、それはコメントでも不仲なのではと指摘《してき》されているほどだった。

それでも今日集まってもらったのは、広季《ひろき》がどうしても伝えたいことがあったからで。

「みんな、今日はわざわざ集まってくれてありがとう」

「そりゃあ、私は自分の部屋だしね」

「ひろ先輩《せんぱい》からの呼び出しですし、もちろん来ますよ」

「あはは、どんな用かな～……」

やはり空気が重い。とはいえ、花音《かのん》だけはやたらとノリノリである。

その理由は広季《ひろき》にあると見ているのか、美優《みゆ》と千夏《ちなつ》は揃《そろ》って広季《ひろき》にジト目を向けてきていた。

昨日の放課後に交《か》わした会話が、花音《かのん》にとっては良いケアになったのかもしれないが、その辺りを美優《みゆ》たちに説明するとあらぬ誤解を与《あた》えそうなので、広季《ひろき》は早々に本題の説明を始めることにする。

「まずはさ、MICHIKAチャンネルの現状について、三人はどう思ってる？　満足しているか？」

「してない」

「してません」

「あたしも、もうちょっと羽振《はぶ》りがいいと嬉《うれ》しいかな～」

「だよな、俺も同じ気持ちだよ。それで俺なりに、現状を打開できるような案を考えてきたんだ」

「「「案？」」」

三人とも食いついてきたことで、広季《ひろき》は気分よく続きを口にする。

「まず、この三人が大きく躍進《やくしん》するためには、やっぱりコンセプトを大事にするべきだと思うんだよ。具体的には、『元カノ』の部分だな」

「「「………」」」

三人とも黙《だま》り込んでいるが、『それを元カレに言われるのは複雑な気分だな』という感想が透《す》けて見えるようだった。

そんな三人の態度を意に介《かい》さず、広季《ひろき》は堂々と宣言する。

「そこで、三人にはまた生配信をやってもらいたいんだ。でも、普通《ふつう》にフリートークをするわけじゃない」

「テーマを決めろってこと？」

美優《みゆ》に尋《たず》ねられて、広季《ひろき》は首を縦に振《ふ》る。

「そのテーマなんだけど、配信を切り忘れたあのときみたいに、ぶっちゃけた感じで元カレに関するトーク――つまりは俺への思い出話とか、愚痴《ぐち》とか悪口でも、とにかく好きなように話してほしいんだよ。そうすれば、少なくとも話題性は出るはずだ」

広季《ひろき》の意見を聞いても、三人とも微妙《びみょう》な表情をしていた。

「なにか不安な部分とかがあったら、遠慮《えんりょ》なく言ってほしい」

すると、美優《みゆ》が挙手をして言う。

「それって、視聴者《しちょうしゃ》から反感を買わない？　事前に元カレから許可を取ったことを最初に説明すればいいかもしれないけど、それでも悪口ばっかになったら、見ている方も不愉快《ふゆかい》になると思うんだけど」

「大丈夫《だいじょうぶ》、不愉快《ふゆかい》に思う人はいるだろうけど、それも一部だと思う。基本的には大多数の視《し》聴者《ちょうしゃ》が楽しんだり、癖《くせ》になったり、三人を好きになってくれると思うよ」

なおも堂々と答える広季《ひろき》に対して、美優《みゆ》は不安そうに尋《たず》ねる。

「その根拠《こんきょ》はあるの？」

「根拠《こんきょ》ならある。三人が無闇《むやみ》に悪口を言うような人じゃないことは俺がちゃんと理解しているし、それに、配信を切り忘れたあのときですら、あのレベルだったんだ。俺はあのとき身バレをすること自体は怖《こわ》かったけど、話された内容を不快には思わなかったし、事実無根の悪口を言われるとは全く思っていなかったよ。いろんな意味で、ちょっとドキドキはしたけどな」

「……えっと、ありがと。なら私はアリだと思う」

次に、花音《かのん》が挙手をしてみせた。

「どうぞ、花音《かのん》ちゃん」

「ひろ先輩《せんぱい》は、いいんですか？　わたしたちに、その、自分の悪口や不満が含《ふく》まれるような話をされて……」

どうやら花音《かのん》は広季《ひろき》のメンタル面を心配してくれているらしい。その気持ちが素直《すなお》に嬉《うれ》しかった。

「ああ、構わないよ。それで三人の活動が成功するならな」

「――ッ！　……じゃあ、わたしも異論はないです」

広季《ひろき》が即答《そくとう》したことで、花音《かのん》も安心してくれたらしい。

それにこれは、何も広季《ひろき》が無理をしているわけじゃない。事実無根の陰口《かげぐち》を言われるならまだしも、信頼《しんらい》の置ける元カノが自分との思い出話を赤裸々《せきらら》に語るというのだ。身バレさえしなければ、問題があるどころか、エンタメとして捉《とら》えることができる気がした。

そうして残る千夏《ちなつ》と目を合わせると、千夏《ちなつ》は気まずそうにしながら尋《たず》ねてくる。

「ひーくん的にはさ、どこまで話していいの？　許容範囲《きよようはんい》とかがあれば教えてほしいかも」

「どこまで、か……。許容範囲《きよようはんい》と言われると難しいな」

「なら、性癖《せいへき》とかは？　ひーくんって胸が好きだけど、太ももとかもすっごい好きじゃん」

「へぇ、初めて知りました」

「私も初耳」

「ごほっ、ごほっ…………まあ、その程度なら許容できるかな」

「「「おぉ～」」」

こんなことで感心をされても嬉《うれ》しくはないが、これで三人がやる気になってくれるのであれば本望《ほんもう》である。

「ついでに言えば、多少の脚色《きやくしょく》や憶測《おくそく》だってしてもらっても構わない。その辺り、変に遠慮《えんりょ》をされてもつまらなくなるかもしれないからな」

太っ腹。まさに出血大サービスと言えよう。求める以上は自らも身を切る覚悟《かくご》を決めるべきだと、広季《ひろき》はそう思ったのだ。

この発言には、三人とも揃《そろ》って驚《おどろ》いていた。よほど意外だったらしい。

「どうして俺がいきなりやる気に？　とか三人とも思ってるんだろ。――簡単に言えば、今までは遠慮《えんりょ》していただけだよ。俺には配信の経験もなければ、そういったセンスがあるのかすらわからなかったからな」

「じゃあ、今は自信がついたの？」

千夏《ちなつ》に問われて、広季《ひろき》は首を左右に振《ふ》る。

「逆だよ、全く自信なんかない。美優《みゆ》の真似《まね》をして人気配信者の動画を漁《あさ》ってみたりもしたけど、ウケてるものとそうじゃないものの差が、俺にはいまいちよくわからなかったからな」

「なら、どうして？」

不思議そうにする三人に向けて、広季《ひろき》は真顔になって告げる。

「納得《なっとく》がいかなかったからだよ。俺にとってはこんなに魅力的《みりょくてき》な三人の動画やチャンネル登録者数が、いまいち伸《の》び悩《なや》んでいるのがさ。それもまあ、伸《の》び伸《の》び活動ができていないことが理由なら、少しは納得《なっとく》がいくわけだけど」

恥《はじ》も照れも気にせずに広季《ひろき》が言うと、三人ともぽかんと呆《ほう》けていたかと思えば、次の瞬間《しゅんかん》には三者三様に照れてみせる。

「いきなりなにを言い出すんだか。ほんと、聞いてるこっちが恥《は》ずかしくなるっていうか」

「ひーくんは思ったこと、結構直球で言ってくれるよね～。嬉《うれ》しいこととか特に」

「先輩《せんぱい》かっこいい……。こういうところが好きなんですよぉ」

「ちょっとこら、色ボケ後輩《こうはい》は何どさくさに紛《まぎ》れて告《こく》ってんのよ！」

「なんですか？　べつに付き合ってくださいとは言っていないのでセーフだと思いますけど」

「そんなわけあるか！」

「かののん、それはさすがに無理があると思う」

「えー、ひろ先輩《せんぱい》はどう思いますか？」

わちゃわちゃし始めたところで話を振《ふ》られたものだから、広季《ひろき》は気まずく思いながらも答える。

「その感じで、生配信も頼《たの》むよ」

「だそうですー！」

「だそうですー！　——じゃないから！　ほんとあんた、ブレーキ壊《こわ》れてるんじゃないの⁉」

「えへへ～」

「褒《ほ》めてない！」

収拾《しゅうしゅう》が付かなくなった状況《じょうきょう》を見かねてか、千夏《ちなつ》が広季《ひろき》に向き直って言う。

「ともかく、ちゃんと答えてなかったけど、もちろんあたしも異論ナシだよー！」

「そうか、ありがとう。それなら生配信は決定だな。――それで、実はもう一個試《ため》してみたいことがあるんだけど」

「「もう一個？」」

美優《みゆ》と花音《かのん》がキャットファイトをやめて、広季《ひろき》の方へと向き直った。

そこで広季《ひろき》は覚悟《かくご》を決めるように、深呼吸をしてから告げる。


「――みんな、デートをしないか？」


「「「……えっ？」」」

一瞬《いっしゅん》の間を置いて、《ＭＩＣＨＩＫＡ》の三人はようやく疑問符《ぎもんふ》を浮《う》かべた。

そして三人とも聞き間違《まちが》いだと思ったのか、互《たが》いの頬《ほお》をつねり合っている。

「ちょっと、それ本気で言ってるの？」

美優《みゆ》が頬《ほお》を引き攣《つ》らせながらも尋《たず》ねると、広季《ひろき》は堂々と頷《うなず》いてみせる。

「ああ、もちろん。俺は三人とデートを――」

「はぁ～……もういい、わかった。ならどうしてそんなことを言い出したのか、ちゃんと説明して」

美優《みゆ》は頭を抱《かか》えながらも、続きを促《うなが》してくる。

ゆえに、広季《ひろき》は改まって口を開く。

「まずさっきも言ったけど、三人はすごく魅力的《みりょくてき》だ。それは間違《まちが》いないと思う」

「「「…………」」」

三人の顔が赤くなり、それを見た広季《ひろき》は呆《あき》れるように笑ってみせた。

「いちいち照れないでもらえると、こっちとしては助かるんだけど……。つまりはまあ、三人の魅力《みりょく》——可愛《かわい》いところや素の一面を見せることができれば、必ずファンになってくれる人はついてくれると思ったんだ」

「それで、デートなわけ？」

いまいちピンときていない様子の美優《みゆ》に尋《たず》ねられて、広季《ひろき》はすぐさま頷《うなず》く。

「ああ。さっき話した生配信の内容だけでも、十分にそういう部分は見せられると思うんだけど、念には念をと思って。デートをしているときって、相手の可愛《かわい》いところをたくさん見られるからさ」

そこで花音《かのん》は何やらもじもじとし始めて、

「これまで先輩《せんぱい》はわたしとデートをしている最中に、そこまでわたしのことを可愛《かわい》いと思ってくれていたんですね」

「もちろん。いや、いつも可愛《かわい》いとは思うけどさ。それに、デートのときはそういう気持ちを伝えてきたとは思うんだけど」

「で、ですよね。改めて聞いてみたかっただけというか、その、ごちそうさまです……」

攻《せ》めたつもりが直球で返されて、自滅《じめつ》する花音《かのん》。

そこで言い分に納得《なっとく》したらしい美優《みゆ》が頷《うなず》きながら言う。

「つまり、私たちのデート風動画を作って、可愛《かわい》らしさをアピールしようってわけね」

「まあ、そんな感じだ」

「にしても、他に言い方があるでしょ」

「さっきはびっくりしたよ。ひーくんの言い方だと、四人一緒《いっしょ》にデートをするのかと思うし」

「そんなわけないだろ……」

今度は広季《ひろき》の方が呆《あき》れてみせるが、今回ばかりは美優《みゆ》も千夏《ちなつ》も折れるつもりはないようだ。

ここで無益な争いをするつもりはないので、広季《ひろき》は本題を進める。

「普通《ふつう》のデートとは状況《じょうきょう》が違《ちが》うし、自然に見せるのは大変だと思う。俺は撮影係《さつえいがかり》をするから声とかは出せないし、ある程度の脚色《きゃくしょく》も必要だろうな。結構、手間もかかるはずだ。それでもいいならだけど、上手《うま》くやれれば注目を集められる可能性はあると思うんだよな」

「まあ、広季《ひろき》の声だけなら専用のソフトを使えばカットはできると思うよ。それにこの案自体も面白《おもしろ》いとは思う」

人気配信者である美優《みゆ》から自分の案が『面白《おもしろ》い』と言ってもらえて、広季《ひろき》は胸が高鳴るのを感じた。

「よかった。美優《みゆ》にそう言ってもらえると、妙《みょう》に嬉《うれ》しいものだな」

「でも、全員のデート風動画をアップするのは避《さ》けた方がいいと思う。公開までである程度の間隔《かんかく》を空けるにしても、一つ一つのインパクトや注目度はどうしても減ると思うし、せっかくの案がもったいないことになる気がする」

「確かに、そうかもな」

言われてみれば、その通りである。

動画どころかSNS全般《ぜんぱん》がほぼ初心者の広季《ひろき》からすれば、良《い》いものはやればやるだけ効果があるように思えていたが、複数やるよりも一つだけの方が間違《まち》いなく際立《きわだ》つだろう。

こういった箇所《かしょ》を指摘《してき》できるのはさすがである。やはり美優《みゆ》は有名配信者なだけあるなと、広季《ひろき》は素直《すなお》に感心させられた。

しかし、美優《みゆ》は誇《ほこ》らしげにするでもなく、むしろ気まずそうに視線を逸《そ》らして言う。

「問題は、そのデートを誰《だれ》がやるかだけど……」

「――はい！　わたし、先輩《せんぱい》とデートがしたいですっ」

そこで元気よく立候補したのは花音《かのん》だった。その目はキラキラと輝《かがや》いている。まさしく恋《こい》する乙女《おとめ》である。

おそらく、ずっと立候補するのを我慢《がまん》していたのだろう。花音《かのん》としては、満を持してといった感じだった。

けれど、広季《ひろき》は申し訳なく思いながらも、首を左右に振《ふ》ってみせた。

「花音《かのん》ちゃんには悪いけど、誰《だれ》か一人に絞《しぼ》るなら、知名度のある美優《みゆ》か千夏《ちなつ》さんが適任だと思うんだ。理屈《りくつ》で言えばの話なんだけど」

「理屈《りくつ》で言えば、そうかもしれませんけど……でも先輩《せんぱい》は、わたしとデートがしたくないんですか？」

「今はまあ、俺の気持ちは関係ないというか……」

「ふんっ、だ。もう知らないです」

「あはは……ごめんね」

「……冗談《じょうだん》ですよ。さすがにわたしも、これ以上はわがままを言いません」

「かののんは偉《えら》いね～」

むくれた花音《かのん》のことは、千夏《ちなつ》がなだめるように撫《な》でてフォローをしている。それでもしばらくは機嫌《きげん》が直りそうにないが。

美優《みゆ》はそんな千夏《ちなつ》の方を見て言う。

「なら、ちなってぃにしようか」

「えっ、あたし？　——いやー、なんというか、今回はパスしておきたいというか」

「どうして？　グループにとって大事なタイミングだし、単純に広季《ひろき》とデートがしたくないって理由なら、受け付けられないけど？」

「それはそれで傷付くな……」

「いや、そういうことじゃなくて！　……その、実はあんまり事務所がこの活動のことを快く思ってないみたいなんだよね。それにこの前、あたしは単独でモーニングルーティンの動画を撮《と》ったばっかりだしさ。……そりゃあ、あたしだってできればひーくんと——って、やっぱりなんでもない！」

後半の方はもごもご説明していたかと思えば、急に慌《あわ》て出した千夏《ちなつ》を見て、広季《ひろき》は若干《じゃっかん》気まずさを覚える。

とはいえ、美優《みゆ》はあまり気にしていない様子で言う。

「まあ、そういうことなら仕方ないか」

ちらり、と。

恥《は》じらいぎみに美優《みゆ》が視線を向けてきて、

「じゃあ、する？　デート」

その躊躇《ためら》いがちな言い方に、広季《ひろき》は思わずドキッとしてしまう。

これはあくまでデート風動画を撮《と》るために、いわば疑似《ぎじ》デートをするという話である。べつにお互《たが》い、本気でデートをしたくてやるわけじゃない。

それに提案しておいてなんだが、必ずしも広季《ひろき》が撮影係《さつえいがかり》——相手役を務める必要もないわけで。

「今さらやめたいとか、言わないよね？」

だが、そんな考えを巡《めぐ》らせる広季《ひろき》を煽《あお》るように、美優《みゆ》が微笑《ほほえ》みながら言う。

さすがにここで引き下がれるはずもなく、広季《ひろき》は力強く頷《うなず》いてみせた。

「ああ、望むところだよ」

「広季《ひろき》のくせに上等じゃん。それじゃあ、明日の放課後ね」

「お、おう」

というわけで、広季《ひろき》と美優《みゆ》は明日の放課後にデートをすることになった。

◇

その夜。

広季《ひろき》は夢を見た。

遠い昔の、まだ小さな子供の頃《ころ》の夢だ。

それは隣《となり》に引っ越《こ》してきた美優《みゆ》と、初めて顔を合わせた日。

桜が満開に咲《さ》く季節に、自宅の前で挨拶《あいさつ》をすることになって。

幼い美優《みゆ》は母親の後ろに隠《かく》れて、もじもじとしながら言う。

「みゆと、なかよくしてほしいな」

そんな風に、挨拶《あいさつ》をされて。

その瞬間《しゅんかん》、広季《ひろき》は心を打たれた。

今ならわかる。あれが初恋《はつこい》だったのだと。

◇

「んん……」

目が覚めても、広季《ひろき》の胸の鼓動《こどう》はまだ高鳴っていた。

久々に昔の夢を見て目覚めた朝は、妙《みょう》にそわそわとするもので。

美優《みゆ》とデートをする当日だからかもしれない。もっとも、疑似《ぎじ》ではあるのだが。

ひとまずいつも通りに支度《したく》を済ませてから、広季《ひろき》は家を出た。

それから午前の授業、昼休み、午後の授業と時間は瞬《またた》く間に過ぎていき……。

いよいよHRを終えると、美優《みゆ》のもとには取り巻きの女子たちがわらわらと集まっていく。

「みゅんサマー、カラオケ行こーぜー」

「あー、ごめん。今日は先約があって」

「え～、また動画～？　最近多くなーい？」

「ごめんってば、また今度付き合うから。じゃあね」

そう言って、美優《みゆ》は早足で教室を出ていく。

その直後、広季《ひろき》のスマホにメッセが届いた。

『のどか公園でね』

そんな短文を目にしてから、広季《ひろき》も教室を後にする。

廊下《ろうか》を歩いている最中、ドクン、ドクン、と広季《ひろき》の心音が高鳴る。

それは靴《くつ》を履《は》き替《か》えた後も、周囲に同じ制服を着た学生の姿が見えなくなった後も続いていた。

(美優《みゆ》とのデートなんて久々だからか、妙《みょう》に緊張《きんちょう》するな……)

疑似《ぎじ》だとわかっていても、やっぱり心は落ち着かない。

そんなことを考えているうちに、待ち合わせ場所の公園に到着《とうちゃく》した。

「……って、いないし」

美優《みゆ》の方が先に教室を出たはずだが、辺りを見回してもその姿は見当たらない。直行するという話だったはずだが。

「美優《みゆ》って、そういうところがあるよな……」

昔から美優《みゆ》は時間にルーズというか、集合場所に遅《おく》れて来ることなんかザラだった。

とはいえ、最近の美優《みゆ》は動画《どうが》撮影《さつえい》の集まりなどには遅《おく》れたことがなかったので、その辺りをすっかり失念していた。

以前も約束自体をすっぽかしたり、バックれるようなことはなかったものの、遅《おく》れた理由の説明もなしに悪びれないのが基本だった。少なくとも、記憶《きおく》の中では大抵《たいてい》そうである。

それから十分ほどしたところで、遠くに美優《みゆ》の姿が見えて。

「ごめん、メイク直してたら遅《おそ》くなった」

到着《とうちゃく》するなり申し訳なさそうに謝られたので、広季《ひろき》は呆気《あっけ》に取られてしまう。

ちなみに美優《みゆ》はブレザーを着ておらず、代わりにグレーのカーディガンを着用していた。動《ど》画撮影用《がさつえいよう》にわざわざ着替《きが》えたのだろう。

「もしかして、結構怒《おこ》ってる？」

「いや、全然。むしろ謝られたことに驚《おどろ》いているというか」

「なにそれ、変なの。――それじゃ、準備はいい？」

「あ、ちょい待ち」

スマホを取り出して、録画モードにする。

「俺も普通《ふつう》に話していいんだよな？」

「うん、そっちの方が私も気兼《きが》ねなくいられると思うし」

「わかった。場所はどうする？　こういう動画って、どこでもいいわけじゃないんだろ？」

「まあ、明確な決まりとかはないんだけどね。とりあえず、この辺をぶらぶらしよ。私たちのデートって、そんなのばっかだったと思うし」

「そういうことなら了解《りょうかい》だ」

「今日は私がリードするね」

「それも了解《りょうかい》だ」

情けない話だが、広季《ひろき》は美優《みゆ》とともに遠出をした経験があまりない。

デートといえば、ほとんどが映画やカラオケにボウリングなどの屋内施設《おくないしせつ》を利用したり、公園や互《たが》いの家で過ごしたりと、そんなオーソドックスなことばかりであった。

とはいえ、今さら悔《く》やんでも仕方がないことだが。

「それじゃ、行こっ」

美優《みゆ》は笑顔《えがお》で言うなり手を引いてきて、そのまま小走りする。

無邪気《むじゃき》に走るその背になんとかついていくと、そのまま少し走ったところで、近所の駄菓子《だがし》屋《や》に到着《とうちゃく》した。

懐《なつ》かしい店構えは相変わらずで、店内には見慣れた老婆《ろうば》が一人で店番をしていた。

「ここって……」

「昔、よく来たよね。覚えてる？」

「もちろんだよ。美優《みゆ》はヨーグルが好きだったよな」

「あれ食べやすいんだもん。広季《ひろき》は笛ラムネとくじガムばっか買ってたよね」

「笛ラムネといえば、前に俺の恥《は》ずかしい話をしただろ。自分だって、ヨーグルを食べすぎて――」

「あーっ！　やめて！　ヨーグル買いづらくなるから！　それに、私の場合は小学生のときでしょ。そっちのやらかしは中一の頃《ころ》なんだから、そんな前じゃないじゃん」

「それは美優《みゆ》の基準だろ。俺からすれば、中一の頃《ころ》も十分昔の話だけどな」

「ほんと理屈《りくつ》っぽいよねー。そういうとこ、全然変わってない」

「悪かったな、理屈《りくつ》っぽくて」

そんな言い合いをしながらも、広季《ひろき》は笛ラムネを、美優《みゆ》はヨーグルを購入《こうにゅう》してから、店の前にあるベンチに並んで腰《こし》掛《か》ける。

「ん～、これこれ。久々に食べたけど、やっぱりヨーグルは美味《おい》しいね」

「それはよかった。こっちも良《い》い音が鳴るのは相変わらずだ」

「あはは、ぴゅーぴゅーうるさいんですけど」

呑気《のんき》に好物を頬張《ほおば》る美優《みゆ》の姿を見ていると、広季《ひろき》の方までほっこりする。この感覚は中学時代に何度も味わったもので、とても懐《なつ》かしい気分になった。

そんなノスタルジーな気分に浸《ひた》る広季《ひろき》をよそに、美優《みゆ》はスマホでパシャパシャと自撮《じど》りをしながら言う。

「ねぇねぇ、ヨーグルと私の組み合わせって、めっちゃ映《ば》えない？」

「ミンスタ女王の名が泣くぞ」

「なにそれ、そもそも名乗った覚えがないんですけど。だったらヨーグル女王の方がしっくりくるまであるし」

「いや、ないだろ……。なんだよ、ヨーグル女王って」

少なくとも、女王は食べすぎでリバースはしないはずだ。

こんなやりとりをしていると、自分もそうだが、美優《みゆ》の方も相変わらず昔のままだなと思わされる。

なんというか、お互《たが》い良《い》い意味で子供っぽいままなのだ。

「広季《ひろき》」

そんな風に考えていたところで名前を呼ばれ、気付けば美優《みゆ》が至近距離《しきんきょり》に迫《せま》っていて。

「はい、あ～ん」

「えっ……」

動揺《どうよう》しながらも、広季《ひろき》は口を開ける。

そこで気付いたが、そのスプーンはすでに美優《みゆ》が口を付けたもので――

「――なーんてね、あげないよーだ」

寸前のところで美優《みゆ》はスプーンを引っ込めて、そのまま自分で食べてしまった。

呆気《あっけ》に取られる広季《ひろき》に対し、美優《みゆ》はしたり顔で笑《え》みを浮《う》かべる。

「だってこれ、私が口を付けたやつだもん。それとも、そっちの方がよかった？」

「そ、そんなこと……」

「あはは、顔が赤～い。照れてるんだ？」

からかうように言いながら、美優《みゆ》はグイグイと身体《からだ》を密着させてくる。おかげで昔には感じられなかった豊かで柔《やわ》らかい感触《かんしょく》が腕《うで》に伝わってきて、自然と体温が上がるのを自覚する。

けれど、美優《みゆ》の方も頬《ほお》がほんのり赤くなっていて、照れているのは明白だった。

「そっちこそ照れてるじゃないか。恥《は》ずかしいならやるなよな」

「て、照れてないしっ。でもじゃあ、間接キスはお預けだね」

へらっと美優《みゆ》が笑ってみせて、広季《ひろき》はその笑顔《えがお》にドキッとした。

だが、同時に気付かされる。

やはり美優《みゆ》は変わったのだと。

広季《ひろき》の知っている幼馴染《おさななじみ》はもっと奥手《おくて》というか、素直《すなお》じゃないというか、ここまでストレートに物事を表現してこなかったはずである。

それが疎遠《そえん》だった数年がもたらした変化なのだと、広季《ひろき》は身をもって思い知らされた気分になっていた。

それから次に、二人は大通りにあるバッティングセンターを訪《おとず》れた。

さっそく美優《みゆ》は球速九十キロのコースに入ると、腕《うで》まくりをしてから、バットを意気揚々《いきようよう》と構える。

そして勢いよく飛んでくるボールを目掛《めが》けて、豪快《ごうかい》にバットを振《ふ》る。

カキーン、と鈍《にぶ》い金属音が鳴るとともに、ヒットが放たれた。

美優《みゆ》は振《ふ》り返るなり、無邪気《むじゃき》にはしゃいでみせる。

「どうどう⁉　すごくない⁉」

「その球速で言われてもなー」

「これ以上速いと、手が痛くなるんだもん」

「当てられる自信はあるんだな。——って、次がくるぞ」

カキーン、と再び美優《みゆ》は同じような当たりを出してみせる。案外余裕《よゆう》はあるようだ。

「ほらね。当てるだけなら余裕《よゆう》だし」

ニコッと満面の笑《え》みを見せながら、Vサインを向けてくる。

その仕草はやはり、広季《ひろき》の知っている美優《みゆ》のものとは違《ちが》った。

昔の美優《みゆ》ならこういうときに話しかけても、『うるさい、集中してるから黙《だま》ってて』と意固地になったりしたものだが、そんな塩対応は感じられなくて。

（数年も経《た》てば、そりゃあ変わるか）

はしゃぐ彼女の姿を見て、広季《ひろき》はしみじみと思いながら、どこか物寂《ものさび》しさも感じていた。

――カキーン！

そのとき今日一番の当たりが出て、球は高く上がった。

ぐんぐんと伸《の》びていくが、それでもホームランポイントまでは程遠《ほどとお》い。よくてフライというところである。

「もうギブ～、腕疲《うでつか》れちゃった」

美優《みゆ》は白い腕《うで》をぷらぷらとさせながら、バッターボックスから出てくる。

「おつかれ。最後のは良《い》い当たりだったな」

「だよね～、最高記録かも」

そう言いながら、美優《みゆ》は施設内《しせつない》にある自販機《じはんき》でスポーツドリンク（ペットボトル）を購入《こうにゅう》する。

それからベンチに座って、ペットボトルの蓋《ふた》を外してから口を付けた。

ゴク、ゴク、と喉《のど》を鳴らして勢いよくスポドリを飲む美優《みゆ》の姿は、清涼飲料水《せいりょういんりょうすい》のＣＭに出てくるアイドルのようで、それだけで様になる。

喉《のど》の渇《かわ》きを潤《うるお》した美優《みゆ》は、ちらとこちらを見遣《みや》って、

「飲む？」

ペットボトルを差し出しながら、笑顔《えがお》でそう言った。

「いや、いいって、俺は何もしてないし」

「でも水分補給はしっかりした方がいいと思うけどな〜。この量、一人じゃ飲み切れないし」

「……わかったよ」

そこまで言われて断っては、逆に意識し過ぎていることになると思い、広季《ひろき》はペットボトルを受け取る。

意を決して口を付けると、甘く冷たい感触《かんしょく》が喉《のど》を潤《うるお》す。緊張《きんちょう》のあまり喉《のど》が渇《かわ》いていたことに、このとき広季《ひろき》はようやく気付いた。

再び口を付けた広季《ひろき》を見て、美優《みゆ》は不敵に微笑《ほほえ》んでみせる。

「間接キス、しちゃったね？」

「——ごほっ、ごほっ……」

からかうように言われたことで、焦《あせ》った広季《ひろき》はむせてしまった。

そんな広季《ひろき》の姿を見て、美優《みゆ》は愉快《ゆかい》そうに笑《え》みを深める。

「焦《あせ》りすぎでしょ。べつにいいじゃん、私《わた》が渡したんだし」

「そうは言ってもな……」

美優《みゆ》は受け取ったペットボトルに口を付けようとしたが、手を止めて、そのまま鞄《かばん》にしまい込んだ。

「じゃ、そろそろ行こっか」

「ああ、そうだな」

日が暮れ始めていたこともあり、広季《ひろき》と美優《みゆ》はのどか公園に戻《もど》ってきた。

周囲にひと気がないことを確認《かくにん》した美優《みゆ》はブランコに乗ってから、広季《ひろき》も隣《となり》に来るよう促《うなが》してくる。

要求されるまま、広季《ひろき》も隣《となり》のブランコに乗ると、美優《みゆ》はゆっくりとブランコを漕《こ》ぎ出した。

「ここもさ、よく残ってるよね。私たちが子供の頃《ころ》からある公園なのに」

「確かにな。一応、遊具は何度かリニューアルされてるみたいだけど」

「言われてみれば。あのバネがついたやつとか、あんな色じゃなかった気がするし」

「ここがいつからあるのかは知らないけど、それでも十年以上もほぼ変わらないのはすごいことだよな」

「ほんとにね」

そんなとりとめのない話を続けていたかと思えば、美優《みゆ》はブランコを漕《こ》ぎながら言う。

「……広季《ひろき》はさ、私のことを恨《うら》んでないの？」

そんな質問を唐突《とうとつ》にされて、広季《ひろき》は困惑《こんわく》してしまう。

だが、すぐさま広季《ひろき》は自分の本心を口にする。

「恨《うら》んでいるとか、そういう気持ちは一切《いっさい》ないよ。というか、そんな質問をされてびっくりしているくらいだし。……いきなりどうしたんだ？」

「ちょっと、真面目な話をしたくなって。でも、そうなんだ。私、今考えてもすごく自分勝手な理由で広季《ひろき》のことを振《ふ》ったと思ってるし、その後のことも……その、本当にごめんね」

美優《みゆ》が口にした理由。

それは確かに、自分勝手なものかもしれない。


『──私は変わりたいの。このまま、なんでもないやつでいるのは嫌《いや》だから』


当時、そう語った美優《みゆ》は、過去と当時の美優《みゆ》自身を否定していた。自分には何もないと、そう言い切って、変わることを切に願っていたのだ。

その変化のためには、広季《ひろき》と距離《きょり》を置くことが必要だと美優《みゆ》は言った。広季《ひろき》といると甘えてしまい、変わることができないから、と。だからそんな美優《みゆ》の背を押すつもりで、広季《ひろき》も切り出された別れを承諾《しょうだく》したのだった。

「でもさ、美優《みゆ》はこうも言ってくれただろ──『私のことは忘れて』って。実際に忘れることはできないけど、そのおかげで過去の恋《こい》だと割り切って、俺は新しい恋《こい》をすることができた気がする」

「……それだって、私自身が区切りをつけるつもりで言った言葉でもあるし」

「それでも、だよ。俺はさ、美優《みゆ》に感謝しているんだ。一緒《いっしょ》に過ごした日々や時間は今も俺にとっては大切な思い出で、誇《ほこ》りでもある。それにもう恋人《こいびと》ではないけど、美優《みゆ》のことは今でも大事な幼馴染《おさななじみ》だと思ってるんだよ」

こうした感謝の言葉は、別れるときにも伝えたものだが、何度でも改めて伝えたい言葉であった。

それだけ広季《ひろき》は美優《みゆ》に感謝しているし、形は変わっても、今でも大切な存在であることに変わりはないからだ。

その言葉を受けて、美優《みゆ》はふっと微笑《ほほえ》んでみせる。

「……ありがと、すごく嬉《うれ》しい。やっぱり広季《ひろき》は変わらないね。――私はなかなか素直《すなお》になれないけどさ、今日ぐらいはもう少し素直《すなお》になろうと思う」

そこでブランコは動きを止めて、美優《みゆ》が顔を向けてきた。

「あのね、広季《ひろき》。実は大事な話があるの」

「大事な話？」

「うん。とっても、大事な話。聞いてくれる？」

その真剣《しんけん》な表情に、広季《ひろき》は思わず生唾《なまつば》を飲んだ。

「ちゃんと聞くよ、美優《みゆ》の話なら」

「ありがと。……ずっと意識しないようにしていたけど、もう我慢《がまん》できなくて」

美優《みゆ》は頬《ほお》を赤く染めながら、視線を泳がせている。

その照れたような表情を前にして、広季《ひろき》の胸は高鳴り出していた。

この特殊《とくしゅ》な雰囲気《ふんいき》に、まさかという思いが湧《わ》き上がる。

動揺《どうよう》していることを悟《さと》られないように、広季《ひろき》はできるだけ平静を装《よそお》うことにする。

「ああ」

「だから、私の気持ちを伝えるね」

「………………」

黙《だま》り込んだ広季《ひろき》に対し、美優《みゆ》は覚悟《かくご》を決めた様子で真《ま》っ直《す》ぐに見つめてくる。

そして、美優《みゆ》はゆっくりと告げる。

「私……広季《ひろき》と、やり直したいの」

一瞬《いっしゅん》、広季《ひろき》の思考がフリーズする。

ただ、その言葉の意味を理解するのに、それほど時間はかからなかった。

「……俺は――」

そう口を開いたところで、

「――なんてね！　冗談《じょうだん》だよ」

美優《みゆ》が言葉を遮《さえぎ》ってきて、冗談《じょうだん》めいた調子で続ける。

「もしかして、本気にした？　顔真っ赤だけど」

「……冗談《じょうだん》、か」

「当たり前じゃん。だって今は、『疑似《ぎじ》デート』の最中なんだから」

「そういえば、そうだったな……」

危《あや》うく大真面目に返答をするところだった。

もっとも、現時点の広季《ひろき》ではすぐに明確な答えを出せるような内容ではなかったので、おそらく曖昧《あいまい》に保留をするような言葉になっていただろうが。

冷静に考えてみれば、今は疑似《ぎじ》デートの最中で、先ほどの告白だって動画《どうが》撮影《さつえい》の一環《いっかん》で行われたものだったのだろう。

いつからか、広季《ひろき》はこのデートが疑似《ぎじ》であることを完全に失念していた。

さらに言えば、今はスマホを構えることすら忘れていたくらいで。

「……悪い、今のところ、録画できてなかった」

「あはは、べつにいいって。さすがに恥《は》ずかしくて使えないと思ったし」

てっきり怒《おこ》られるものかと思ったが、美優《みゆ》の表情はやけに清々《すがすが》しくて。

「怒《おこ》らないんだな」

「んー？　今日は楽しかったし、怒《おこ》るわけないじゃん」

「そうか……？　ならいいけど」

「もう暗くなってきたし、撮影《さつえい》は終わりかなー」

確かに日が暮れて、もう辺りは暗くなっている。撮影《さつえい》を続けるなら、どこか明かりのある場所に移動する必要があるだろう。

「だな、おつかれさま。思ったよりも大変だったな」

「ほんとだよ、もうくたくた。……それに疑似《ぎじ》とはいえ、告白するのとか初めてだったから、超恥《ちょうは》ずかしかったし」

大きく伸《の》びをしながら、美優《みゆ》はため息交じりに言う。

さりげなく告白経験がないことを美優《みゆ》の口から聞いて、広季《ひろき》はどう反応すればいいのか戸惑《とまど》ってしまった。

「ん？　広季《ひろき》、どうかした？」

「いや、その……美優《みゆ》はあれから、誰《だれ》かと付き合ったりはしてないのかと思って」

すると、美優《みゆ》はきょとんとしてから、

「誰《だれ》とも付き合ってないよ。私の方のチャンネルで、その辺については割と話してるんだけど、見てない？」

「見てないな。美優《みゆ》の配信を見るようになったのも最近というか、あのコラボの辺りからだからさ」

「そっか。私、配信では割と素直《すなお》だから、見られたら困ると思ってたんだよね」

「素直《すなお》じゃない自覚はあるんだよなー。というか、それ見てくれってアピールしてるのか？」

「してないってば。これからも見ないで」

「わかったよ」

よし、帰ったらさっそく見ようと広季《ひろき》が決意した瞬間《しゅんかん》だった。

「帰ったら絶対見る気でしょ？　今決意した瞬間《しゅんかん》だってわかるんだからね？」

「うわ、本物のエスパーかよ」

「やっぱり！　幼馴染《おさななじみ》を舐《な》めすぎだっての」

ぷんすかとむくれる美優《みゆ》を見ながら、広季《ひろき》は胸の辺りがほっこりするのを感じていた。

美優《みゆ》の口から『幼馴染《おさななじみ》』という単語が普通《ふつう》に出たことで、やはり以前までの疎遠状態《そえんじょうたい》は解消されたのだと実感できたからだ。

「なんでニヤニヤしてるの？　広季《ひろき》ってそんなにマゾだったっけ？」

「いや、俺もやっと幼馴染扱《おさななじみあつか》いしてもらえるようになったんだと思ってさ」

「は？　どういうこと？」

「この前までずっと、俺たちって疎遠状態《そえんじょうたい》みたいな感じだっただろ。だからまた仲良くなれたことが嬉《うれ》しいんだよ」

「仲良く、ね。……あのさ、私って変わったと思う？」

美優《みゆ》が声のトーンを落として尋《たず》ねてくる。それにどことなく、緊張《きんちょう》しているようにも見えた。

ゆえに、広季《ひろき》は真面目に答えることにする。

「正直、だいぶ変わったと思う。もちろん変わっていない部分もあって、ホッとすることも多いけど、やっぱり昔の美優《みゆ》とは全然違《ちが》うよ。SNSの活躍《かつやく》とか、趣味《しゅみ》のこともそうだし。前よりも自信があって、素直《すなお》になったというか……うん、そんな感じだ」

広季《ひろき》が思ったことをありのまま伝えると、美優《みゆ》は嬉《うれ》しそうに微笑《ほほえ》む。

「だったら、それは広季《ひろき》のおかげだよ。広季《ひろき》のおかげで、私は少しずつだけど、変わることができているの。前よりも、自分に自信を持てるようになったのもそう」

「俺はなにもしてないだろ」

「広季《ひろき》の存在自体が、私を支えてくれてるの」

「そうなのか？」

「うん、これまでもずっとね。今は実際に、マネージャーとしても支えてくれるようになったけど」

今日の美優《みゆ》はやたらと素直《すなお》だ。こんな風に感謝の気持ちを伝えられることなど、広季《ひろき》は想像もしていなかった。

「……そんな風に思ってくれていたなんて、俺は知らなかったよ」

「私が素直《すなお》じゃないのは、広季《ひろき》が一番よく知ってるでしょ」

「だからたまに素直《すなお》になると、すごく可愛《かわい》いんだよな」

「あんまり褒《ほ》めると、ハグとかしちゃうかもよ？」

言いながら、美優《みゆ》はさすがに目を泳がせていた。……これは強がりの類であろう。

「じゃあ、今日はこの辺にしておく」

「ヘタレなところも相変わらずみたいで安心したかも」

「ったく、勝手に言ってろよ。……ちなみに、美優《みゆ》が変わったって話だけど。特にSNSでは有名人だし、常に新しいことに挑戦《ちょうせん》してるよな。中学の頃《ころ》も美優《みゆ》はクラスの人気者だったし、俺にとっては眩《まぶ》しかったけど、今の方が遠慮《えんりょ》なく伸《の》び伸《の》びとしているみたいだ」

「うん、そうなるように努力してきたから。というか、ならないと最愛の彼氏《かれし》と別れた意味がないっていうか」

美優《みゆ》の口から『最愛』なんて言葉が出て、嬉《うれ》しいような、照れくさいような気持ちになる。

「最愛って、改めて言われると照れるな。ほんと、今日の美優《みゆ》は別人みたいに素直《すなお》だ」

「今日みたいに気を張れば、少しは素直《すなお》になれるようになったかも。今後はもっと大物になって、もっともっと自信を持てるようになりたいって思ってる。そうしたら、もっともっと素直《すなお》になれる気がするよ」

「美優《みゆ》は今の時点で十分すごいし、魅力的《みりょくてき》だと思うけどな」

「ありがと。でも、私自身はまだ満足してないから」

美優《みゆ》は強がるようにして、笑《え》みを浮《う》かべてみせた。

こうして話していると、美優《みゆ》が広季《ひろき》と距離《きょり》を置きたがる気持ちも理解はできる。広季《ひろき》からすれば、今でも美優《みゆ》に変わる必要があるとは思えないからだ。

言ってしまえば、彼女の素直《すなお》じゃないところも、広季《ひろき》は魅力的《みりょくてき》だと思っているくらいで。

それでも、

「今の俺は、《MICHIKA》のマネージャーでもあるからな。マネージャー目線で見るなら、まだまだ伸《の》びしろはあると思うぞ」

「ふふ、だよね。まだまだ私たちはこれからだもんね！」

心底嬉《うれ》しそうに、美優《みゆ》は笑《え》みを深める。

そんな美優《みゆ》に対して、広季《ひろき》は申し訳なく思いながらも、はっきりさせておくべく尋《たず》ねる。

「それで、さ……。これは活動にも関わることだから聞くんだけど、美優《みゆ》って今は俺のことをどう思ってるんだ？」

「ど、どうって？」

動揺《どうよう》する美優《みゆ》に対し、広季《ひろき》は取り繕《つくろ》わずに言う。

「恋愛感情《れんあいかんじょう》があるのかどうか、って話だよ。……一応、念のために確認《かくにん》というか」

すると、美優《みゆ》はわざとらしく咳払《せきばら》いをして言う。

「あー、勘違《かんちが》いさせちゃった？　最愛とは言ったけど、それはあくまで付き合っていたときの話だし、今は広季《ひろき》とどうこうなろうとは思ってないよ」

「だ、だよな」

「でも……」

そこで美優《みゆ》は赤面しながら、視線を逸《そ》らして言う。

「私が私自身も満足できるくらいに大物になったら、気持ちも変わってるかも……とか」

「はは、そのときは俺もどうなっているかわからないな。最近ですら、一緒《いっしょ》に過ごしていると
やっぱり魅力的《みりょくてき》だなって思うことがたくさんあるくらいだし」

「えぇっ⁉　……マジ？」

心底驚《おどろ》いた様子で、美優《みゆ》は目を丸くしている。

その姿が面白《おもしろ》くて、広季《ひろき》はつい笑いながら言う。

「もちろん、大マジだよ。ひたむきだったり、他人を思いやることができたり、向上心があっ
たり……『三人とも』、やっぱり魅力的《みりょくてき》で尊敬ができる人だなって、そう思わされるよ」

「あはは、『三人とも』、ね……」

美優《みゆ》は途端《とたん》に頬《ほお》を引き攣《つ》らせながら、乾《かわ》いた声で笑う。

そんな美優《みゆ》に対して、広季《ひろき》は安心させるつもりで言う。

「だけど、三人とも恋愛禁止《れんあいきんし》のスタンスでいくんだろ。だったら俺も、精一杯《せいいっぱい》に努めるさ。で
もまあ、もしも誰《だれ》かに恋《こい》をしたら、そのときは相談してくれよな」

「ばか、しないっての。（……他の人に恋《こい》なんか）」

最後の方は声が小さくて聞き取れなかったが、それでも広季《ひろき》はホッとしていた。

「そうか、なら安心だ」

「うん。そろそろ帰ろっか」

「だな」

公園を出れば、すぐに自宅に到着《とうちゃく》する。

互《たが》いの家の前に着いたところで別れ際《ぎわ》、美優《みゆ》が顔だけ向けて言う。

「あのさ、広季《ひろき》がここまでやる気になってくれるなんて思わなかった。今日のデートのこともだけど、ありがとね」

「どういたしまして。俺もまあ、暇《ひま》といえば暇《ひま》だしな。部活にでも入ったような気持ちで、最近は結構充実《じゅうじつ》してるんだ」

「中学のときみたいに、バスケとかやればよかったのに」

広季《ひろき》は中学時代にバスケットボール部に入っていた。ゆえに、高校《こうこう》でもバスケ部に入ろうと思ったこともあったが、なんとなく気が乗らず、結局は部活動に所属しなかったのだ。

「一年前に美優《みゆ》から勧《すす》められていたら、バスケ部に入ってたかもな。ただまあ、今は《ＭＩＣＨＩＫＡ》のマネージャー業があるし、結果オーライだとは思ってる」

「ま、おかげで私も助かってるけど。……ご飯食べてお風呂《ふろ》に入ったら、さっそく動画の編集作業をやろうと思うんだけど、来る？」

「じゃあ、行くかな」

「じゃあ、またあとで」

「ああ」

お互《たが》いになんとなく気恥《きは》ずかしさを感じながら別れる。

最近、広季《ひろき》が動画の編集作業で美優《みゆ》の家に上がると、美優《みゆ》の母親と出くわした際にはよく気まずい思いをするのだが、そういうものとは違《ちが》った気恥《きは》ずかしさがあった。

（やっぱり、ただの幼馴染《おさななじみ》っていうのとは違《ちが》うよな……）

これが一度は付き合った結果なのだと思い、広季《ひろき》は複雑な心境になりながら、自宅に入った。


だがその後、広季《ひろき》は盛大《せいだい》にやらかしていたことに気付く。

なんと公園のシーンのみならず、デート中の動画をほとんど録画できていなかったのだ。

映像は飛び飛びになったかと思えば、途中《とちゅう》からは全く映っておらず。これでは動画に使うどころの話ではない。

まさに骨折り損、もしくはただのデートをしただけである。

けれど、美優《みゆ》が怒《おこ》ることはなかった。

むしろ清々《すがすが》しいくらいに上機嫌《じょうきげん》で。他二人への説得も自分に任せてほしいと言ってくるぐらいで、広季《ひろき》はそれが逆に怖《こわ》かった。

一番怖《こわ》いのは、やっぱり他二人——特に花音《かのん》からの反応であったが。

四章　タラタラ・カミングアウト

翌日。

さっそくデート風動画の説明も含《ふく》めて、美優《みゆ》の部屋に四人で集まったのだが。

「ごめーん、なんか上手《うま》く撮《と》れてなかったみたいで」

てへ、と弾《はじ》けた笑顔《えがお》で美優《みゆ》が言うと、案の定、花音《かのん》が頬《ほお》を引き攣《つ》らせて笑う。

「つまり昨日、お二人はただデートを楽しんでいただけ、ということですか？」

「そういうことになるかな～」

「いや、違《ちが》うだろ⁉　花音《かのん》ちゃん聞いてくれ、俺たちはちゃんと動画のために――」

「聞きません。……先輩《せんぱい》はやっぱり、みゅん先輩《せんぱい》とデートがしたかっただけなんですね」

落ち込んだ様子で、花音《かのん》はぷいとそっぽを向いてみせる。

「いやいや、どうしてそうなる⁉　確かに俺は失敗したけど、もう一度撮《と》り直せば問題ないだろ？　――千夏《ちなつ》さんもなんとか言ってくれよ」

必死になって千夏《ちなつ》にも助けを求めるが、素知らぬ顔でスマホをいじるのみ。どうやらあてにはならないらしい。

美優《みゆ》が説得を任せてくれというものだから、それを信じた自分が愚《おろ》かだったのだと思い、広《ひろ》季《き》が項垂《うなだ》れていたところで、

「「「ぷっ……あはははっ」」」

……と、そこでなぜだか三人が吹《ふ》き出すとともに笑い始めた。

突然《とつぜん》の出来事に驚《おどろ》く広季《ひろき》に対し、花音《かのん》が目元の涙《なみだ》を拭《ぬぐ》いながら言う。

「ごめんなさい、冗談《じようだん》ですよ。実はもう、昨夜の段階でみゅん先輩《せんぱい》からは事情を聞いていましたし。少しからかってみただけです」

「へ……？　じゃあ、怒《おこ》ってないのか？」

「怒《おこ》っていません。気にはしていますけど」

「そうか……って、気にはしているんだな」

とはいえ、ひとまずホッとした広季《ひろき》を見て、美優《みゆ》はふっと微笑《ほほえ》んでみせる。

「失敗は誰《だれ》にでもあるけど、一応は広季《ひろき》のミスだしね。これぐらいはしても罰《ばち》は当たらないかなと思ってさ」

「いい性格をしてるよな……」

「でも、ひーくんってお咎《とが》めなしで許しちゃったら、なんかしばらく引っ張ってそうだし。こうした方がいいって、三人で決めたことなんだよ」

こういうところはさすがに元交際相手といったところか。広季《ひろき》の性格をよく理解している。

おそらくすっきり許されたとしても、千夏《ちなつ》の言う通り、広季《ひろき》はしばらく自分のミスを引きずっていたことだろう。自分が言い出した企画《きかく》だったからこそなおさらに。

だが、おかげで広季《ひろき》も今回のことは吹《ふ》っ切れた気がした。今ので報《むく》いは受けたからだ。

「まあとりあえず、ありがとうと言っておくよ。おかげで次の生配信に気持ちを切り替《か》えられそうだしな。——それとも、またデート風動画をすぐに撮《と》り直すか？」

そう尋《たず》ねると、美優《みゆ》は首を左右に振《ふ》る。

「ううん、ひとまずはやめておこ。今回やってみて思ったけど、あれを動画にしてアップするのって、なかなかハードルが高い気もしたからさ」

「まあ、確かにな……」

実際にやってみて、思ったよりも美優《みゆ》のプライベートらしい部分が見られたが、それでも動画にしてアップするには、少々恥《は》ずかしいというのもわかる。もしも次にやるなら、あらかじめ台本などを用意する必要もあるように思えた。

「そんなに恥《は》ずかしいやりとりがあったんですか？」

気付けば、花音《かのん》がジト目を向けてきていて。

説明するとややこしいことになる気がしたので、広季《ひろき》はごまかしに徹《てっ》する。

「いや、そんな大したことがあったわけじゃないんだけど、プライベートな会話もあったからさ」

「そうそう、ちょっとした思い出話を語らっただけだよね」

「ああ」

「お二人とも、仲睦《なかむつ》まじいですね」

「そ、そんなことはないよな……？」

「まあ、前よりは仲良くなったかもね」

「って、おい……」

「へぇ～」

花音《かのん》がますますジト目を向けてきたところで、急に千夏《ちなつ》が立ち上がった。

「ごめん、撮影《さつえい》呼ばれたわ。なんか急に欠員が出たみたいで」

「おっけー」

「ちい先輩《せんぱい》、おつかれさまです」

「おつかれ、千夏《ちなつ》さん」

「ほんとごめんね、あとは任せたから」

そう言って、千夏《ちなつ》は部屋を後にした。

千夏《ちなつ》には悪いが、おかげで話題を切り替《か》えるタイミングが生まれたので、広季《ひろき》はすかさず口を開く。

「とりあえず、配信のこともだけど、動画の案について何かあるか？」

仕切るようにして尋《たず》ねると、花音《かのん》が挙手をして言う。

「わたし的には、そろそろ個人にフィーチャーした内容が欲《ほ》しいなと思っているのですが」

「なるほど。花音《かのん》ちゃんは自分をフィーチャーしたものなら、どんなものがいい？」

花音《かのん》は少し考え込んでから、ぽんと手を打ってみせる。

「わたしはせっかくバレエをやっているので、それに付随《ふずい》したものであると、個性をアピールしやすいです。具体的には、柔軟《じゅうなん》トレーニングを披露《ひろう》する動画とか」

「確かに、それは良さそうだな」

「コアなファンが付きそうだね」

美優《みゆ》がニヤニヤとからかうような笑《え》みを浮《う》かべて言い、花音《かのん》はムッとしてみせる。

「みゅん先輩《せんぱい》は当たりがキツいです」

「ごめんって。試《ため》しに何かやってみてくれる？」

「いいですよ。わかりやすく、派手なものにしましょうか」

そう言って、花音《かのん》は座りながら脚《あし》を開いたかと思えば——そのまま百八十度に開脚《かいきゃく》したではないか。

その光景に、美優《みゆ》は驚《おどろ》いて目を丸くしていた。広季《ひろき》の方はすでに何度か見ているため、改めて感心をしていた。

「さすがは花音《かのん》ちゃんだな。次はあれをやってみせてくれよ」

「えっと、今はスカートなので……」

「そうだったな、ごめん」

二人の気まずそうなやりとりを見て、美優《みゆ》が小首を傾《かし》げる。

「なんの話？」

「ちょっとスカートだとやりづらいポーズがあって。I字バランスっていうんですけど」

「あっ、それ知ってる！　えっちなやつだ！」

「違《ちが》います！　そういう目で見る人がえっちなんです！」

I字バランスというのは、片足立ちになり、もう片方の脚《あし》を上に向けて開脚《かいきゃく》するポーズのことを指す。相当な柔軟性《じゅうなんせい》が必要なもので、Y字バランスとも呼ばれるが、花音《かのん》の場合はI字の方が近いだろう。

そして残念ながら、広季《ひろき》には美優《みゆ》の意見を真っ向から否定することはできなかった。それに花音《かのん》の言葉は、男子的には耳に痛い。

ここは大人しく話題を転換《てんかん》しようと思ったのだが、美優《みゆ》は引き下がるつもりがないようで、

「じゃあ広季《ひろき》は背中を向けておくから、私にだけ見せてよ。ねっ？」

「いえ、同性同士でも下着を見られるのは恥《は》ずかしいですし……」

「なら私も見せればいい？」

「どれだけ見たいんですか！　もういいですよ、そこまで言うならやりますから」

「やった！」

美優《みゆ》は喜びながら、広季《ひろき》に向けてシッシッと払《はら》うような手振《てぶ》りをする。どうやら後ろを向いていろということらしい。

大人しく広季《ひろき》が背中を向けると、花音《かのん》は恥《は》ずかしそうに「ではいきます」と言って——

「おぉ〜っ、エロ〜い」

「最悪の感想ですね……」

「全くだ……」

広季《ひろき》は背中を向けたままだが、はしゃぐ美優《みゆ》の姿は目に浮《う》かぶようだった。……代わりに、I字バランスをする花音《かのん》の姿は想像しないように努める。

ただそれでも、まさに後ろで花音《かのん》がスカートであるにもかかわらず、I字バランスの姿勢を取っていると思うと、どうしても妄想《もうそう》がかき立てられてしまうわけで。

（無心だ、無心になるんだ……）

そう念じつつも、意識してしまっている時点で負けている気がした。

「でもさ、この角度ならパンツも見えないんじゃない？」

「パ、パンツって……確かに、見えなさそうですが」

「なら広季《ひろき》も見ていいんじゃない？」

「えっ!?」

「では、見たければどうぞ……」

本人からも承諾《しょうだく》をもらえたので振《ふ》り返ると、花音《かのん》の左足は信じられないほど真上に向けて、開脚《かいきゃく》されていた。その姿はまさしくI字になっていて、何度見ても目を奪《うば》われるものである。

まさにビックリ超人《ちょうじん》だ。

ついでに言うと、花音《かのん》は軸足側《じくあしがわ》の半身をこちらに向けてポーズを取っているので、確かに広《ひろ》季《き》の側からは下着が見えていなかった。

「やっぱりすごい——って⁉」

だが、そのとき広季《ひろき》は気付いてしまう。

対角線上にある縦長の鏡に、花音《かのん》のもう半身が映って反射していることに。

ピンク。

それだけ確認《かくにん》して、広季《ひろき》は咄嗟《とっさ》に目を逸《そ》らす。

「先輩《せんぱい》？　どうかしたんですか？」

「いや、なんでもないんだ」

「べつにわたしのことなら心配はご無用ですよ。このポーズも辛《つら》くはありませんし」

「や、やっぱりすごいんだな、花音《かのん》ちゃんは」

言いながら、広季《ひろき》が前を向くことはない。

不審《ふしん》に思った美優《みゆ》が辺りを見回したところで、その事実に気付いたらしく、花音《かのん》に脚《あし》を下げるよう促《うなが》す。

「かののん、ごめん」

「えっ？　なにがですか？」

「そこに鏡があったの忘れてた」

「はあ？　……――ッ！」

その意味に気付いたらしい花音《かのん》はハッとして、赤面しながらしゃがみ込む。

「うぅ……先輩《せんぱい》、見たんですか？　見たんですよね？」

「見てない……ほんの少ししか」

「見たんじゃないですかぁ～っ！　もうお嫁《よめ》に行けません……」

「おぉ、そのセリフをリアルで言う人を初めて見たよ」

美優《みゆ》が呑気《のんき》に言うと、花音《かのん》はキッと睨《にら》みつける。

「元はといえば、みゅん先輩《せんぱい》がいけないんですよ！　平気だとか言って、全然平気じゃなかったですし」

「ごめんごめん。でもかののんのパンツ、可愛《かわい》いからいいじゃん」

「よくないです！　今日は全然、勝負下着じゃないですし！」

（勝負下着ならよかったみたいな言い方だな……）

そうは思いつつも、広季《ひろき》は自分が口を開けば地雷《じらい》を踏《ふ》む気がしたので、大人しく口を閉ざしていた。

「——コホン。本題に戻《もど》りましょう」

そこで花音《かのん》が切《き》り替えるように、小さく咳払《せきばら》いをして言う。

「先ほどお見せした柔軟《じゅうなん》トレーニングのように、わたしやちい先輩《せんぱい》、それにみゅん先輩《せんぱい》の特技を生かした動画などを投稿《とうこう》できたら面白《おもしろ》いかもなと思っています」

「そうだよな。せっかくみんな特技があるんだから、披露《ひろう》しない手はないと俺も思う」

「でもわたし、ちい先輩《せんぱい》の趣味《しゅみ》や特技についてはちゃんと聞いたことがなくて。お二人は知りませんか？」

「私も雑誌に載《の》っていた情報くらいしか知らないや。メイクとか、部屋でごろごろするのが好きって書いてたと思うけど。広季《ひろき》は聞いたことがありそうだね？」

「えっと……」

先ほどはつい、『みんな特技があるんだから』などと口走ってしまったが、少し迂闊《うかつ》だったと反省する。千夏《ちなつ》の趣味《しゅみ》や特技——ゲーマーである部分に関しては、千夏《ちなつ》のプライバシーにも関わることであり、デリケートな部分でもあるからだ。

「ごめん、それは俺の口からは言えない。口走ったのは俺だし、今度機会があれば千夏《ちなつ》さんに話していいか聞いておくよ」

「そうですか、わかりました」

「私もりょーかい。とりあえず、方向性は固まった感じだね。それじゃ、次に生配信についてだけど～――」

それからミーティングはしばらく続き、日が暮れたところで解散となった。

未《いま》だにメンバー間ではちょっとしたいざこざが起こることもあるが、概《おおむ》ね順調。むしろ好調といっても差し支《つか》えないような状態だった。

問題が起こったのは、そんな風に安堵《あんど》していた直後だった。

その日の夜、MICHIKAチャンネルの動画にURLを添付《てんぷ》したコメントが付く。

そのリンク先に飛ぶと、ある一枚の画像が表示されるようになっていて……。

そこには、バッティングセンターで語り合う美優《みゆ》と広季《ひろき》の姿が映っていたのだった。

◇

画像は当然のように、瞬《また》く間《ま》に拡散されていった。

人気上昇中《にんきじょうしょうちゅう》の現役《げんえき》JK配信者が、彼氏《かれし》と思《おぼ》しき男子《だんし》高校生《こうこうせい》とデートをしていたというのだ。事実はどうあれ、それなりの話題性がある。

画像に映る広季《ひろき》は後ろ姿だったことが幸いし、SNS上では特定とまではいっていないようだが、それでも学校ではすでに、相手が広季《ひろき》ではないかという情報が広まっていた。

そしてそれは当然、美優《みゆ》や花音《かのん》、それに千夏《ちなつ》が交際をしていた、例の『元カレ』が広季《ひろき》なのではないかという憶測《おくそく》にも繋《つな》がっていて。

「ねぇ、マジ⁉　水沢《みずさわ》さんって羽島《はしま》くんと付き合ってたの⁉」

「前々から怪《あや》しいと思ってたけどさ〜」

「びっくりだよね〜……」

教室に集まった他クラスの連中は好き放題に言っているが、美優《みゆ》がその辺りを明言することはなく。

「まあ、そっとしておいてもらえると助かるかな〜。広季《ひろき》にも悪いし」

そんな風に美優《みゆ》があっけらかんとした態度を取っているからか、広季《ひろき》たちのクラスは思ったよりも騒《さわ》がしいことにはなっていなかった。

そして広季《ひろき》の方はといえば、友人たちの反応はだいたい「羽島《はしま》すげえ！　有名人じゃん！」といったもので、クラスメイトの反応も美優《みゆ》のおかげか、批判的なものではなかった。

とはいえ、やはり廊下《ろうか》を歩けばひそひそと噂話《うわさばなし》をされるし、会話をしたこともない他学年の生徒にからかわれることもあり、それらは非常に鬱陶《うっとう》しかった。

そんな状態で迎《むか》えた昼休み。

野次馬が教室に集まる前に、美優《みゆ》の招集により、広季《ひろき》たちはなぜだか学校の屋上に集まることになったのだった。

屋上は本来、一般生徒《いっぱんせいと》には開放されていないはずだが、美優《みゆ》は通用扉《つうようとびら》の通気口部分が外れることを把握《はあく》しているらしく、そこをくぐれば外に出られるのだとか。

美優《みゆ》と広季《ひろき》は時間差で屋上を訪《おとず》れると、あとから花音《かのん》もやってきた。

三人で通気口部分をくぐると、割と広々とした屋上スペースが広がっていた。

周囲はフェンスに囲まれており、頭上の空が広く感じられる。

「わぁ、ほんとに屋上へ出られました」

感動している花音《かのん》とは違《ちが》って、美優《みゆ》は慣れた様子で隅《すみ》っこのフェンスに腰掛《こしか》けて、菓子《かし》パンを頬張《ほおば》り始める。花音《かのん》と広季《ひろき》もその隣《となり》に座って、弁当箱を開く。

「昼はたまにいないと思ったけど、ここを使っていたのか」

「まあね。さっちゃんたちと一緒《いっしょ》にだけど」

「あの人たちも知っているんだな……。大丈夫《だいじょうぶ》なのか？」

「今日は広季《ひろき》たちと使うって言っといたから。あの子たちは大丈夫《だいじょうぶ》」

どうやら美優《みゆ》は取り巻きたちのことを信用しているようだ。ならば、広季《ひろき》の方からも言うことはない。

「そんなことより、ひろ先輩《せんぱい》は大丈夫《だいじょうぶ》でしたか？」

そこで花音《かのん》がサンドイッチを頬張《ほおば》りながら、心配そうに尋《たず》ねてきた。自分も大変な状況《じょうきょう》だろうに、ずっと広季《ひろき》の心配をしていたらしい。授業合間の休み時間には、励《はげ》ましのメッセが届いたほどである。

そのことを有《あ》り難《がた》く思いながら、広季《ひろき》は微笑《ほほえ》んでみせる。

「ああ、なんとか平気だよ。思ったよりも大ごとにはなっていない感じだし。美優《みゆ》が前から俺のことを呼び捨てで呼んでいたおかげで、友人扱《ゆうじんあつか》いというか、完全な元カレ認定《にんてい》まではされていないのもあるだろうな」

「そうですか、それなら少し安心です」

「ちなってぃの方も平気だって。というか、あんまり話題にもなっていないみたい」

スマホを確認《かくにん》しながら、美優《みゆ》が一安心といった様子で言う。千夏《ちなつ》からのメッセを確認《かくにん》したのだろう。

さて、問題はここからどうするかだが。

「やっぱり、思い切って公表するしかないのかな……」

広季《ひろき》が弱気になって言うと、美優《みゆ》が首を左右に振《ふ》る。

「その判断をするのは早いんじゃない？　この盗撮画像《とうさつがぞう》は広季《ひろき》の顔までは映っていないわけだし、いくらでも理由付けはできると思う」

「そうですよ。もういっそのこと、画像のときはみゅん先輩《せんぱい》がナンパされていたことにするのはどうですか？」

「まあ確かに、ナンパしてるようにも見えなくはないか」

「いや、それは無理。明らかにうちの制服着てるし。それに、視聴《しちょう》してくれている人たちにはなるべく正直でいたいから」

「はあ……？　ツンデレは嘘《うそ》のうちには含《ふく》まれないんですね――あいたっ」

無言で美優《みゆ》からチョップを受けて、花音《かのん》はむすっとしながら睨《にら》みつける。

「じゃあどうするつもりなんですか。嘘《うそ》もつかないなら、なにも説明しないつもりですか？」

「それはそれで感じが悪いし、やっぱりなにかしらのフォローは必要だと思う」

「やっぱり、思い切って公表するしか――いてっ⁉」

再び弱気になる広季《ひろき》の頬《ほお》を、美優《みゆ》がつねりながら言う。

「どうして自分のことになると、すぐそうやって弱気になるの？　もっとしっかりしてよ」

「わ、わはった、わはったはら、はなひてふれ……」

ようやく解放されて、広季《ひろき》は痛む頬《ほお》をさすりながら言う。

「でも実際のところ、どうするつもりなんだ？　学校ではそこまでだけど、ＳＮＳだとだいぶ盛り上がっているみたいだぞ」

「おかげで既存動画《きそんどうが》の視聴数《しちょうすう》もうなぎ上り。これは次の配信の同接数も期待できそうね」

「呑気《のんき》に言ってる場合かよ」

そこでなにを思ったのか、花音《かのん》が勢いよく立ち上がる。

「こうなったらもう、わたしが先輩《せんぱい》への愛を語りまくって、注目を独占《どくせん》するしかないかもしれませんね！」

「「………」」

冗談《じょうだん》なのか本気なのかわからないテンションで花音《かのん》が息巻くものだから、広季《ひろき》も美優《みゆ》もツッコミを入れるべきか迷ってしまう。それに風が強いせいで、花音《かのん》のスカートがひらひらと捲《めく》れそうになっていて、広季《ひろき》は余計に集中することができなかった。

I字バランスのときのように、予期せぬ事態が起こる可能性もある。広季《ひろき》からすれば、その辺りをもう少し用心してもらいたいところなのだが……。

けれどそこで、唐突《とうとつ》に美優《みゆ》まで立ち上がって——

「——それだ！」

堂々と同調し、ガッツポーズまで決めてみせる。

その勢いには言い出しっぺの花音《かのん》ですら「いいんですか……？」と小首を傾《かし》げて困惑《こんわく》するほどで、美優《みゆ》がなにを考えているのか、広季《ひろき》には全く予想がつかなかった。

ぽかんと呆《ほう》ける二人に向けて、美優《みゆ》は自信満々に続ける。

「目には目を、炎上《えんじょう》には炎上《えんじょう》を。話題性のあるネタなんて、新しいネタで上書きしてやればいいだけってことよ！」

「お、おい、美優《みゆ》？　なにか問題を起こそうとかは考えてないよな……？」

「大丈夫《だいじょうぶ》、今のは言葉の綾《あや》だから。問題を起こすんじゃなくて、要するに私たちは私たちにできることを精一杯《せいいっぱい》にやるだけって話よ」

言っていることは良《い》いことと風に聞こえるが、その表情はニヤついているので、見ている側としては不安になる。

だが、そんな広季《ひろき》たちに構わず、美優《みゆ》は堂々と続けて言う。

「そうと決まれば、今日中にでも会議を始めないとね！　週末の生配信まで三日しかないんだし！」

「会議って、またミーティングをやるんですか？」

「そう！　それに配信こそがかののん、キミの愛を示すときだよ！」

「わたしの愛ですか⁉　……なんだかよくわかりませんが、俄然《がぜん》燃えてきました！」

チョロい。チョロすぎる。

後輩《こうはい》のチョロさに広季《ひろき》が頭を抱《かか》えそうになったところで、唐突《とうとつ》な突風《とっぷう》が吹《ふ》いた。

ブオッ、と風は三人の間を吹《ふ》き抜《ぬ》けていき——

「「きゃっ⁉」」

だがその瞬間《しゅんかん》、美優《みゆ》と花音《かのん》は咄嗟《とっさ》にスカートを押さえたことで、裾《すそ》が翻《ひるがえ》ることはなく。

「ふぅ、危ないところでした。I字バランスのときの教訓を活《い》かせてよかったです」

「だね～、私もなんだかんだで警戒《けいかい》してたし。広季《ひろき》の前だと、つい気が抜《ぬ》けがちになるから」

女子二人がホッと胸を撫《な》で下ろす中、広季《ひろき》だけは気まずそうに視線を逸《そ》らしていた。

「あれ？　ひろ先輩《せんぱい》、どうかしましたか？」

「まさか、見えたとか？」

「い、いや、見えてはないよ……ただ、ちょっときわどいと思っただけで」

その言葉に嘘偽《うそいつわ》りはない。現に、スカートの中は見えなかった。

だが、女子二人が恥《は》ずかしそうにスカートを押さえる仕草は、なかなかに刺激的《しげきてき》なもので。

端的《たんてき》に言って、広季《ひろき》はドキドキしていた。

そのことにいまいちぴんときていない様子の美優《みゆ》と花音《かのん》は、「はあ？」と不思議そうに小首を傾《かし》げている。

「……とにかく、二人はもう少し用心してくれ。無防備すぎるから」

「えっ？　どういうことですか？」

「やっぱり見えたってこと？」

「違《ちが》うって。それでも見えそうだったというか……とにかくまあ、気をつけてくれ。今日の放課後に集まったとき、千夏《ちなつ》さんにも伝えておいてくれよ。これはマネージャーとしての意見でもあるからな」

未《いま》だに広季《ひろき》の意図が伝わっていない二人は疑いの目を向けてくるが、本当のことを言うのも恥《は》ずかしいので、広季《ひろき》は遠回しに注意喚起《ちゅういかんき》をすることしかできないのだった。

◇

放課後を迎《むか》えると、再び美優《みゆ》の部屋に集まることになり。

「衣装《いしょう》を選んでもらいます！」

さっそく美優《みゆ》が仁王立《におうだ》ちしながらそう言った。

唐突《とうとつ》な申し出に、千夏《ちなつ》だけが困惑《こんわく》している。

「えっと、どゆこと？」

「まずは次の配信用の衣装《いしょう》を決めようって話。私たち《MICHIKA》は、次回の配信でコスプレ姿を披露《ひろう》しようと思ってね」

「これ、決定事項《けっていじこう》？」

千夏《ちなつ》が広季《ひろき》と花音《かのん》の方を見ながら尋《たず》ねてくるが、二人は揃《そろ》って頷《うなず》いてみせる。広季《ひろき》と花音《かのん》は事前に聞いていたので、一応は承諾済《しょうだくず》みなのだ。

配信でコスプレ姿を披露《ひろう》する。――これが美優《みゆ》の考えた作戦には、どうしても必要なことらしい。広季《ひろき》からすれば、自分が着たいだけにも思えたが。

「マジか――……事務所からオッケー出るかな」

「出なきゃ、私が直談判《じかだんぱん》してでもお願いしに行くよ」

「やめてやめて！　わかったからさ！　みゅんちゃんガチで来そうだから！」

そうして半ば強引《ごういん》に、三人のコスプレ着用が決定したわけだが。

「問題はどのコスにするかだよね。キャラ物にするのか、職業モノにするのか。そもそも合わせて着るのか、いっそのことジャンルを分けちゃうのか。――広季《ひろき》はどう思う？」

「ここで俺に振《ふ》るのか……。正直、派手で話題になりそうならどれでもいいんじゃないか？」

「それって露出《ろしゅつ》を多めにしろってこと？」

「誰《だれ》もそうは言ってないって。まあ、それも一つの手ではあるかもしれないけど」

勝手に意見を拡大解釈《かくだいかいしゃく》されると困ってしまう。まあ、露出《ろしゅつ》を多めの衣装《いしょう》にすれば、話題性もバズり具合も狙《ねら》える可能性が高まるだろうが。

「とりあえず、試着してみよっか」

そう言って、美優《みゆ》はおもむろにクローゼットを開ける。

そこには数多《あまた》のコスプレ衣装《いしょう》が並んでいた。

「うわ、すごい。量もですが、色合いが……。これを着るんですか？　確かにどれも、露出《ろしゅつ》は抑《おさ》えられていますけど」

「でも結構カワイイのもあるねー、確かにちょっと着てみたいかも！」

意外にも、千夏《ちなつ》は乗り気になってきたようだ。それに感化されてか、花音《かのん》もメイド服を手にする。

「こういうのなら、わたしも着てみたいかもです」

「お、さすがはかののん、お目が高い。それは私の自信作でございます」

「えっ、自分で作ってるんですか⁉」

「いやまあ、さすがに一からは作ってないけどね。既製品《きせいひん》をアレンジというか、改造して着やすく好みに寄せてるだけだよ」

「それでもすごいです、みゅん先輩《せんぱい》の意外な特技ですね！」

「ちょいちょい煽《あお》ってくるんだよな、この子……」

二人がバチバチしそうになったところで、千夏《ちなつ》がチャイナ服を手にする。

「これってどこで着替《きが》えればいいの？　ひーくんがいないなら、あたしはどこで着替《きが》えてもいいんだけど」

「いいよ、邪魔者《じゃまもの》は退散するから」

「あはは、ごめんねー」

すっかり蚊帳《かや》の外状態の広季《ひろき》はふてくされたように言うと、千夏《ちなつ》は申し訳なさそうにしていた。

広季《ひろき》が部屋を出ていこうとしたところで、花音《かのん》から声をかけられる。

「先輩《せんぱい》、ちょっと待ってください。先輩《せんぱい》はバニー服とナース服、それにメイド服ならどれがいいですか？」

「バニーは違《ちが》うかな。それとナース服よりかは、メイド服の方が見てみたいかもしれない」

「わかりました！　ありがとうございますっ」

にこやかに花音《かのん》から見送られて、広季《ひろき》は部屋を後にする。

今日は美優《みゆ》の母親も外出中なので、待機所代わりにリビングに入ってからため息をつく。

(ほんとはバニーが良《い》いとか、言えないよな……露出《ろしゅつ》がすごいし)

もっとも、バニー服などの露《ろ》出《しゅつ》が多い衣《い》装《しょう》を着る場合は、上半身の露《ろ》出《しゅつ》部《ぶ》分《ぶん》が素肌《すはだ》にならないよう、インナーを着用すると事前に美優《みゆ》が説明していたので、いざ着るとなっても問題はないだろう。ただそれでも、万が一を考えると選択肢《せんたくし》から外さざるを得なかった。

そのことを広季《ひろき》が悔《くや》みながらも、ソファで待つこと十五分。

「どうぞー」

上の階から美優《みゆ》に呼ばれて、部屋に入った広季《ひろき》は驚《おどろ》いた。

なんと、三人ともメイド服を着ていたからだ。

「「「おかえりなさいませ、ご主人様」」」

しかも、そんなもてなしセリフまで受けて、広季《ひろき》はぽかんと呆《ほう》けてしまう。

メイド服といっても、花音《かのん》は以前に美優《みゆ》が着ていた王道系のメイド衣《い》装《しょう》を着用しているが、美優《みゆ》は水色のアリス風エプロンドレスを、千夏《ちなつ》に関してはロング丈《たけ》の黒ワンピースにカチューシャを合わせたエセメイド風の衣《い》装《しょう》であった。

それに三人のカチューシャは、なぜだか猫耳《ねこみみ》カチューシャで統一されていた。それも相まって、やはりジャンルを合わせた統一感は凄《すさ》まじい。あとは美優《みゆ》の衣装《いしょう》がシックな色合いであったら、広季的《ひろきてき》には完璧《かんぺき》とさえ言えるだろう。

そんな風にいろいろ考察しながらも黙《だま》り込む広季《ひろき》を見て、痺《しび》れを切らしたらしい美優《みゆ》が詰《つ》め寄ってくる。

「ちょっと、さすがに無反応はないでしょ。なんとか言ってよ」

「あ、ああ、三人ともすごく似合ってるよ。……いかがわしいお店って感じがしないでもないけど」

正直に感想を口にすると、美優《みゆ》が苦い顔をしながらため息をついてみせる。

「一言余計だけど、まあいいや。みんな似合ってるってさ」

「よかったです、先輩《せんぱい》に可愛《かわい》いって言ってもらえて」

「いやー、可愛《かわい》いとは言われてないけどねー。でもまあ、あたし的にもいい感じだと思うよ。……ちょっと、上のサイズがキツいけど」

言いながら、千夏《ちなつ》はパツパツになった胸元《むなもと》を恥《は》ずかしそうに見つめている。……思わず広季《ひろき》の視線まで釘付《くぎづ》けになった。

「それはちなってぃが大きいだけだって～！　──って、広季《ひろき》見すぎでしょ」

「あ、悪い……」

「……わたしはだいぶ余裕《よゆう》がありますけど」

ぶかぶかの胸元《むなもと》を見つめて花音《かのん》がため息をついたところで、美優《みゆ》が必死にフォローをしようとする。

「ま、まあ、私のサイズに合わせた衣装《いしょう》だし、その辺りは勘弁《かんべん》してよ。本番に使うとなったら、ちゃんと二人のサイズに合わせるからさ」

そこでほぼ蚊帳《かや》の外だった広季《ひろき》も、まとめるように口を開く。

「えっと、じゃあこれで決まりってことか？」

すると、三人は揃《そろ》ってきょとんとしてみせる。

そして美優《みゆ》が言うのだ。

「とりあえず、ここにあるひと通りは試着するわよ！　広季《ひろき》、次はもっとマシな感想を寄こしなさいよね！」

「はいはい……」

それから試着作業は数時間にも及《およ》び。

最終的には、シックカラーで統一されたナポレオンジャケット――軍服風のコスプレ衣装《いしょう》で統一することに決まった。足りないぶんは買い揃《そろ》えるらしく、直近の生配信に向けて気合い十分のようだ。

多少は過激な物も含《ふく》まれたファッションショーに付き合わされたこともあり、広季《ひろき》だけは疲《ひ》労困憊《ろうこんぱい》していた。

「それで結局のところ、生配信でなにか新しいことをやるってわけじゃないんだ？」

三人とも制服に着替《きが》え直したところで、千夏《ちなつ》が尋《たず》ねる。

すると、美優《みゆ》はうーんと考え込むようにして言う。

「まあ強いて言うなら、今回は視聴者《しちょうしゃ》のコメントに答えていく時間も設けたいなとは思ってるよ。今までは時々気まぐれで拾ってたけど、そういうコーナータイムを設けるって意味ね」

「えっ、それ大丈夫《だいじょうぶ》なの？　ひーくんの件に触《ふ》れてくる人とか絶対いると思うんだけど」

「拾うコメントはこっちで選んでいけば問題ないでしょ。一応、そっち方面のコメントには答えないことを、最初に説明するつもりだけどね」

「なるほど～、確かにそれなら大丈夫《だいじょうぶ》かも」

視聴者参加型《しちょうしゃさんかがた》の意味合いが強い、コメントを拾う形式は動画配信でも割と見る光景だ。今までの配信ではなかったぶん、喜んでくれる視聴者《しちょうしゃ》もいるだろう。

「でも、肝心《かんじん》の騒動《そうどう》についてはどうするんですか？　やっぱりなにも説明しないのは反感を買いそうな気がしますが」

「そのことについても説明はするよ。元カレがどの人かは明言するつもりがないし、画像の人物かどうかについても答えないってね」

「まあ、その辺りが無難な気がしますよね」

「だねー、まさか本人の名前を出すわけにもいかないし」

やはりほぼスルーするような形になりそうだが、それも仕方がないだろう。

ただ、このままだと花音《かのん》が言うように反感を買ったまま、マイナスイメージが付きまとう可能性がある。その点については昼休みに言っていた通り、美優《みゆ》に考えがあるようだが。

そう思った直後、美優《みゆ》がドヤ顔で言う。

「配信内容で話題を独占《どくせん》すればいいんだよ！　そうすればみんな、騒動《そうどう》のことなんかどうでもよくなるはずだし！」

と、美優《みゆ》の考えとやらは、予想していたよりもあてにならない内容のようであった。

「「「…………」」」

思わず沈黙《ちんもく》する三人に対して、美優《みゆ》は堂々と告げる。

「今回の配信では元から広季《ひろき》の——元カレ関連のぶっちゃけトークをするつもりだったでしょ。だからそのトーク内容を視聴者《しちょうしゃ》の記憶《きおく》に残るように、印象強く、面白《おもしろ》いものにしようって話。それってほら、当初の目的と同じでしょ」

「そんな簡単に言うけど、だいぶ厳しいと思うぞ？」

「わたしも同感です。炎上《えんじょう》するような内容を上書きできるということは、そうそうないと思いますが」

渋《しぶ》る広季《ひろき》と花音《かのん》を見て、美優《みゆ》はやれやれと肩《かた》を竦《すく》めてみせる。

「そんな風にネガティブだと、成功するものもしないよ。それにある程度は事前に打ち合わせをしておけば、クオリティの高いトークにできると思うし」

「あたしたちが台本ありきのトークを面白《おもしろ》おかしく転がせるかなぁ～？」

千夏《ちなつ》まで不安そうにするものだから、若干諦《じやっかんあきら》めムードが漂《ただよ》い始める。

だがそれでも、美優《みゆ》は諦《あきら》めていないようで。

「まあやるだけやってみよ。それでダメなら、また対策を立てればいいし」

「今回のみゅん先輩《せんぱい》は、なんだかやたらとやる気ですね」

「他でもないひーくんのためだからじゃないかな～」

「違《ちが》うから！　私はただ、前に進みたいだけなの！」

自惚《うぬぼ》れているわけではないが、あの疑似《ぎじ》デート以来、美優《みゆ》のやる気がさらに増したことは広《ひろ》季《き》も感じていた。

広季《ひろき》としてはそのことが嬉《うれ》しくもあり、同時に少し気恥《きは》ずかしくもある。

だから照《て》れ隠《かく》しをする代わりに、広季《ひろき》も「よしっ」と気合いを入れてみせる。

「俺は今回の配信でもリビングにいるけど、配信中になにかまずいワードが出そうになったり、予兆を感じたらメッセを送るからな。もし反応がなかったら扉《とびら》をノックするから、それを危険信号だと思ってくれ」

「わかりました」

「了解《りょうかい》だよ～」

「うん、お願いね」

三人は広季《ひろき》の申し出をすぐさま承諾《しょうだく》する。

本当は広季《ひろき》も室内にいて、配信中にいつでも気楽に指示を出したいが、それは部屋の広さ的にリスクが高いので、とりあえずは今回もリビングで待機という手段を取ることにしたのだ。

配信当日のトーク内容を楽しんでもらえるものにする。

確かに、目標は当初の予定通りになりそうだった。

◇

そうして日にちは瞬《また》く間《ま》に過ぎていき。

週末に入り、生配信の当日を迎《むか》えた。

この日は昼前から美優《みゆ》の部屋に四人が集まり、念入りに打ち合わせをしていく。

フリートークとは名ばかりにも思えるが、途中《とちゅう》でぐだぐだにならないためにも、ある程度の流れやルールを決めておくことになったのだ。

ここ数日で広季《ひろき》の方はといえば、配信の同接数が増えるためにはどういった動画タイトルにすればいいのか、また動画サイトのアルゴリズムなどについても調べるようになっていたが、調べれば調べるほどに、これらのことにはセンスが必要であることを痛感させられていた。

美優《みゆ》曰《いわ》く、習うより慣れよということで、失敗しながら進んでいけばいいとのことだが、やはり広季《ひろき》もマネージャーになった以上は、三人に成功体験を積ませてあげたいと思うわけで。

そもそも広季《ひろき》が初めから三人の配信活動に文句など言わず、自らも彼女たちの配信活動に参加しなければ、少なくとも今回のような問題は起きなかっただろう。

だが、起きてしまった以上はなんとか無難に解決して、代わりに成果を残したい。ただでさえ、自分はお荷物でしかないのだから――と、広季《ひろき》はそんなことを考えていた。

それだけ、広季《ひろき》は責任を感じていたのだ。

美優《みゆ》と疑似《ぎじ》デートをした日、本来は広季《ひろき》が盗撮《とうさつ》されていることに気付くべきだった。周囲を警戒《けいかい》するのは広季《ひろき》の役目だったはずだ。自分の身バレは自分で防ぐ――そのために、広季《ひろき》はこの配信活動に参加したようなものなのだから。

ゆえに、

(もし今回の件が上手《うま》くいかなかったら、俺は脱退《だったい》する。もちろん、口出しするのもなしだ)

そんな覚悟《かくご》を静かに決めて、広季《ひろき》はこの配信当日に臨《のぞ》んでいた。

「広季《ひろき》、そっち持ってくれる？」

美優《みゆ》が大型の照明機器を移動させたいようで、声をかけてくる。

「ああ、わかった。――いくぞ、せーのっ」

一緒《いっしょ》に持ち上げたところで、美優《みゆ》がぼそりと言う。

「今さ、なんか考え事してたでしょ」

「へっ⁉」

驚《おどろ》いた拍子《ひょうし》に広季《ひろき》は体勢を崩《くず》しそうになるが、なんとか持ちこたえる。危《あや》うく照明機器から手を離《はな》すところだった。

「危ないでしょ、しっかりしてよ」

「み、美優《みゆ》が急に変なことを言うからだろ」

「ほんとのことでしょ。広季《ひろき》って考え込むと、すぐ眉間《みけん》にしわが寄るし。——よいしょ、と」

照明機器を動かし終えると、美優《みゆ》はすぐさま座り込んでスマホをいじり始める。

「俺って、考え込むと眉間《みけん》にしわが寄るのか？」

「気付いてなかった？　二人にも聞いてみ」

言われるまま、タブレットを眺《なが》めている花音《かのん》と千夏《ちなつ》の方を見遣《みや》ると、二人は揃《そろ》って首を縦に振《ふ》ってみせた。

「マジか……。そんな癖《くせ》があるって、どうして今まで教えてくれなかったんだよ」

「言ったらわかりやすいサインがなくなると思ってね」

「じゃあ、逆にどうして今は教えてくれたんだ？」

「さあね。もう彼氏《かれし》じゃなくなったからとか？」

「どうせなら言い切ってくれよ……」

花音《かのん》と千夏《ちなつ》がちらちらと気にしてくる。会話の内容に興味があるようだ。

「二人も、なにか言えていない俺の癖《くせ》とかがあったら教えてくれ。直すから」

「あ、このチャンネルの動画、またバズってますね」

「それあたしも見たー。面白《おもしろ》かったからなー」

「あからさまにスルーしないでくれよ、傷付くから……」

やれやれ、と広季《ひろき》は肩《かた》を竦《すく》めてみせる。

三人とも平静を装《よそお》っているが、今日の生配信は少しばかり緊張《きんちょう》しているように見える。

前回の配信時にも問題は起きていたが、今回は種類が違《ちが》う。実際に画像をアップされたぶん、よりスキャンダル要素が大きいと言えるだろう。

とはいえ、実際になにか悪いことをしたわけではないので、単純に謝ればいいという話でもなく。

ともかく、その辺りは当事者でもある美優《みゆ》にお任せすることになりそうだ。

今回の生配信も前回同様、開始は七時からである。

最終調整といえばいいのか。ともかく、開始時刻まで各々《おのおの》がやりたいように過ごした。

午後六時半。

いよいよ配信開始の三十分前となり、すでに《MICHIKA》の三人はコスプレ衣装《いしょう》に着《き》替《が》え終えていた。

黒と濃紺色《のうこんいろ》が混ざった軍服風の衣装《いしょう》は、上が半袖丈《はんそでたけ》のナポレオンジャケット、下は美優《みゆ》と花《か》音《のん》がスカートで、千夏《ちなつ》だけがショートパンツとなっており、頭にはお揃《そろ》いの軍帽《ぐんぼう》を被《かぶ》っていた。

どうやらコスプレ衣装《いしょう》の専門店で買ったものにアレンジを加えたらしく、堅苦《かたくる》しくなりすぎないようにハート柄《がら》のバッジを胸元《むなもと》につけるなどして、かっこよくも可愛《かわい》らしいデザインとなっていた。三人とも、とても似合っている。

とはいえ、場所がただの女子高生の部屋なので、場違《ばちが》いにも見えていたが。

「ところで、結局どうしてコスプレをすることになったんでしたっけ？」

始まる直前というところで、花音《かのん》が不思議そうに尋《たず》ねる。

「それはもちろん、私たちと視聴者《しちょうしゃ》のみなさん、両方が幸せになるからよ」

ドヤ顔でさも当然のように語る美優《みゆ》を前にして、花音《かのん》も千夏《ちなつ》も唖然《あぜん》としている。

「あれ？　そうでもない？　私は結構、テンション上がってるんだけどな」

「昔から美優《みゆ》は形から入るタイプだもんな」

広季《ひろき》が呆《あき》れぎみに言うと、花音《かのん》と千夏《ちなつ》もようやく我に返る。

「ま、まあ、確かに多少はテンションが上がりますが。なんというか、武装をしているような感覚ですし」

「言われてみれば、そうだね。あたしもモデルの撮影《さつえい》のときには割といろんな服を着るけど、こんな奇抜《きばつ》で手作り感満載《まんさい》の衣装《いしょう》を着るのは初めてかもしれないし」

「二人とも、感想が独特だな〜。それと広季《ひろき》は、そろそろ下に行かなくて平気なの？」

「はいはい、退散しますよ」

「あ、ちょい待って。――せっかくだし、円陣的《えんじんてき》なのやろうよ」

「本格的に挑戦感《ちょうせんかん》が出てくるじゃないですか……まあ、わたしはそういうのは嫌《きら》いじゃないですけど」

「あはは、まあいっちょやりますか」

三人が円になって手を出してから、広季《ひろき》の方に視線を向けてくる。

「「「ほら早く」」」

「えっ、俺もか？」

驚《おどろ》く広季《ひろき》に対して、三人とも頷《うなず》いてみせる。

断る理由もないので、広季《ひろき》も大人しく円に加わって手を重ねた。

「じゃあ私から一言いくよ、一応リーダー担当だし」

「そんな設定もあったね〜」

「わたしもすっかり忘れていました」

「ひどっ、忘れないでよ」

「「「あははは！」」」

四人で大笑いしたのち、美優《みゆ》が勝気な表情で口を開く。

「それじゃ、今日はみんなで楽しい配信にしよう！　ふぁいと～――」

「「「おーっ！」」」

気合い十分に掛《か》け声《ごえ》を発してから、再び笑い合う。

そして広季《ひろき》は名残惜《なごりお》しく思いながらも部屋を後にする。

リビングに入ってから、持参してきたノートPCで動画の視聴《しちょう》ページを開いた。

他の視聴者《しちょうしゃ》と同様に配信開始を待つ。

それから数分ほどして、画面が切り替《か》わった。

軍服風のコスプレ衣装《いしょう》を着用した《MICHIKA》の三人が映ったことで、途端《とたん》にコメント欄《らん》が湧《わ》き立つ。三人とも各々《おのおの》がかっこいいと思う決めポーズをしていて、【軍服！】、【三人お揃《そろ》いっ】、【かっこよ～！】、【ポーズダサすぎw】等々、反応は様々であった。

そうして三人は決めポーズを終えると、

『『『どうも～、《MICHIKA》でーす！　こんばんは～！』』』

笑顔《えがお》で普通《ふつう》に挨拶《あいさつ》をした。なんだか一気にいつもの空気感に戻《もど》った感じである。

まず中央に座る美優《みゆ》が話し始める。

『というわけで生配信なんだけど、二人はもう慣れたかな？』

『いえ、全然。未《いま》だに始まるときは緊張《きんちょう》しっぱなしです』

『あたしも、なんか頭からっぽ〜って感じだよ』

『えっ、ちなってぃとかは全然緊張《きんちょう》してるように見えないんだけど』

『してるしてる〜！　もう手汗《てあせ》すっごいし』

『ちい先輩《せんぱい》、変なことを言わないでくださいよ』

『あはは、ごめんごめん』

『二人とも、思ったよりも余裕《よゆう》がありそうで安心したよ。——で、今日はフリートークなんだけど〜、まずはその前に、この衣装《いしょう》ね！』

美優《みゆ》がそう言うと、三人は再び決めポーズをしてみせる。これは段取りの通りで、コメントは再び湧《わ》き立つ。

『可愛《かわい》いですよね！』

『すごいよね〜、あたしもびっくりしたよ！　お値段もお手頃《てごろ》なのにこのクオリティとか！』

『まあ、アレンジは加えてるけどね』

『ほんとに可愛《かわい》いですよね〜』

『かののんが言うと、なんか自分のことを褒《ほ》めてるように聞こえるんだよな〜』

『違《ちが》いますよ！　衣装《いしょう》が、です！』

『それあたしも思ったー』

『ちい先輩《せんぱい》まで⁉　べつに、思ってないですってば』

『あ、なんか立ってほしいって。それに【回って〜】だってさ』

『じゃあ、要望に応えちゃおうか〜！』

三人とも立ち上がり、その場でくるりと一回転してみせると、コメントでは次々に【カワイイ！】、【最高】、【配信見に来てよかった……】などと投稿《とうこう》されて、大盛り上がりの様子である。

部屋の広さ的に仕方がないが、三人とも顔が微妙《びみょう》に見切れている。しかし、広季《ひろき》はそれよりも気になったことをメッセで送信した。

すると、すぐに美優《みゆ》が連絡用のスマホを確認《かくにん》して、花音《かのん》に小声で何やら伝える。

というのも、スカートタイプの美優《みゆ》と花音《かのん》は丈《たけ》が短いこともあり、中が見えそうになっていたので、それを広季《ひろき》がメッセで伝えたのだ。

おかげで二人は座り直す際にも気を付けていて、広季《ひろき》はホッと安堵《あんど》した。I字バランスのときに起こったようなハプニングを、配信上でやらかすわけにはいかないからだ。

『さてさて、衣装《いしょう》の紹介《しょうかい》も済んだところで、さっそくトークを進めていきたいんだけど』

美優《みゆ》が話題を切り替《か》えると、そこで花音《かのん》と千夏《ちなつ》が目を細めて美優《みゆ》を見つめる。明らかに意味深な行動である。

それに気付いた美優《みゆ》がぎこちなく笑いながら、『まずはちょっと話しておくことがあって〜』と切り出す。実はここまでの流れは全て、段取り通りである。

そのまま美優《みゆ》は軽く咳払《せきばら》いをしてから、

『実はまたちょっとお騒《さわ》がせ案件があったんだけど、相手のこともあるし、この辺りについてはどういう関係かを明言する気はありません。ただ一つだけ言っておくと――』

すぅ、と美優《みゆ》は大きく息を吸ってから、

『――私は今、フリーです！』

ドヤ顔でそう告げた。

意外なことに、美優《みゆ》はフリー宣言――彼氏《かれし》がいないことを公言するのはこれが初らしい。

とはいえ、コメント欄《らん》では【知ってた】、【今さらすぎる未練タラタラリーダー】、【いたら逆に驚《おどろ》くわ】、【やらかし担当】等々、案の定、驚《おどろ》いている者はほとんどいないようで。

するとそこで、花音《かのん》がにこやかに挙手をして、

『わたしも彼氏《かれし》はいません、フリーですよ先輩《せんぱい》！』

『便乗した上に先輩《せんぱい》呼びとか、一緒《いっしょ》にされたら困るんだけど!?』

『あたしはまあ、ノーコメントってことで』

『そしてどうしてちなってぃは匂《にお》わせるの!?　ちなってぃもフリーでしょ!?』

『まあ、そうだけど』

『ほらみゅん先輩《せんぱい》、わたしたちのトークが【火消し】って言われてますよ。それに良《い》い仲間だとも言ってくれています』

『変なコメント拾わないの——っていうか、この【やらかし担当】って何？　私はリーダー担当なんですけど！』

『わたしのことも【あざとい担当】って！　全然違《ちが》うのにぃ』

『あたしはにぎやか担当～』

『いや、ちなってぃは【デカパイ担当】とか言われてるけど……』

『まあ確かに一番大きいけどね～？』

『そこでどうしてわたしのことを見るんですか！　同性同士でもセクハラですからね、そういうの！』

とまあ賑《にぎ》やかな会話のおかげで、コメントにもあった通り、ある程度の火消しは成功しているようで。

この配信中に、美優《みゆ》がフリーであると宣言することは事前に伝えられていたし、花音《かのん》や千夏《ちなつ》も便乗するのは予定通りである。

というのも、実はこれまで『彼氏《かれし》がいない』ことを三人とも公言しておらず、未練を持っているならフリーであった方が印象は良《い》いということで、火消しついでに発表しておくことにしたのだ。

まさに用意《ようい》周到《しゅうとう》。こんな策略を聞かされたとき、広季《ひろき》は改めて女子の怖《こわ》さを思い知った気がした。

パン、とそこで美優《みゆ》が両手を合わせてから、嬉々《きき》として言う。

『それでね、ここからしばらくはコメントに答えていきたいな～って思うんだけど、二人ともいいかな？』

『はい、答えられるものに限りますけど』

『あたしもウェルカ～ム』

というわけで、予定通りにコメント返答コーナーが開始する。

一斉《いっせい》に数多くのコメントが投稿《とうこう》される中で、千夏《ちなつ》が愉快《ゆかい》そうに言う。

『お、いきなり面白《おもしろ》そうなのきたよ、【なんかキュンとすることやってください！】だって。どうする？』

『どうするって、あのね……。ハードル高いの拾わないでよ。——じゃあリーダー命令で、二人の告白を見せて』

『『無茶振《むちゃぶ》り!?』』

唐突《とうとつ》な無茶振《むちゃぶ》りに花音《かのん》と千夏《ちなつ》は困惑《こんわく》する。

コメントでは【待ってました！】、【さすがリーダー、わかってらっしゃる】、【かわいいやつ頼《たの》む】などと大盛況《だいせいきょう》。

ちなみにこのコーナーには、台本が存在していない。備考欄《びこうらん》にも『適宜《てきぎ》』と記載《きさい》されているのみである。

ゆえに、これは完全なる無茶振《むちゃぶ》りであり……

『じゃ、じゃあ、あたしから』

ここはコメントを拾った責任者として、千夏《ちなつ》が挙手をしてみせる。

そしてカメラの近くに移動すると、千夏《ちなつ》はキリッと表情を引き締《し》めて。

『――あたしと一緒《いっしょ》に来ないかい、子猫《こねこ》ちゃん？』

『『きゃーっ』』

すると、なぜだか聞いていた美優《みゆ》と花音《かのん》の方が照れた反応をしてみせる。その告白（？）は若干《じゃっかん》、というかだいぶ広季《ひろき》が想像していたものとは違《ちが》ったが、これはこれでアリなようだ。

軍服風コスも相まって、どこか男装の麗人感《れいじんかん》があった。

コメント欄《らん》では完全にネタ扱《あつか》いをされていたが。

続いて花音《かのん》の番になったわけだが、花音《かのん》は必死に前置きを口にする。

『あいう、ちょっと趣向《しゅこう》が違《ちが》うものでもいいんですもんね』

『でもまあ、かののんは王道のやつをやってくれるんじゃないのー？』

『あたしもそれ見たーい』

『ちょっとやめてください、勝手にハードルを上げるの！』

『『ワクワク』』

二人に合わせてコメントも【ワクワク】しているようで、花音《かのん》は顔を強張《こわば》らせながらもカメラの前に移動する。

『で、では、いつものみゅん先輩風《せんぱいふう》にいきます』

『へ？』

『――仕方がないから、わたしが一緒《いっしょ》にいてあげる！　感謝しなさいよね！』

ぷんぷんとしながら、花音《かのん》はまさしく『ツンデレ』風味の強い告白をして、その後に赤面しながらもVサインをしてみせる。

『ちょっ、私はそんな言い方しないってば⁉　いつのツンデレキャラよそれ！』

『知らないですよ、あくまでわたしにとってのみゅん先輩《せんぱい》のイメージなので』

『この後輩《こうはい》、ほんっと生意気……』

『まあでも、その割にかののんも恥《は》ずかしそうだけどね？』

『い、言わないでくださいよそういうの！　――次、みゅん先輩《せんぱい》ですからね』

『あー、まあそうなるよねー……』

さすがにこの流れを無視するわけにもいかないので、すでに美優《みゆ》も腹を括《くく》っているようだ。

美優《みゆ》はカメラの前に移動すると、もじもじとしながらも『いきます』と告げる。

『そっちが私といたいって言うなら……まあ、べつにいいけど……』

美優《みゆ》が赤面しながらあまりにも恥《は》じらって言うものだから、見ている方まで恥《は》ずかしくなってしまうほどだ。

直接的ではないものの、これはこれで広季《ひろき》としては大いにアリだった。

そんな美優《みゆ》の照れた仕草も込《こ》みで好評なのか、コメントは大盛り上がりを見せる。

『『お〜』』

『なにそのリアクション……。逆に恥《は》ずかしいんだけど』

『みゅん先輩《せんぱい》のイメージが変わりました。案外、照れ屋なんですね』

『ムカつく……』

『わぁ、こわ〜い』

『でも今の、女のあたしもドキドキしちゃったよ〜』

『だって、やっぱりこういうのって恥《は》ずかしいし』

『『お〜』』

『だからなにそのリアクション！　普通《ふつう》に恥《は》ずかしいんだけど！』

そうして、広季《ひろき》も視聴者《しちょうしゃ》と一緒《いっしょ》にドキドキするような時間が終わり、続いて三人はどんどんコメントに答えていく。

意外にも日常的なものだったり、要望に近い内容が多く、割とコーナーは平穏《へいおん》に進んでいたのだが。

とあるコメントを花音《かのん》が拾ったことで、空気が少し重くなる。

【かののんに未練があるのはわかるのですが、ぶっちゃけ他二人は例の元カレさんと復縁《ふくえん》した

いとか思ってるんでしょうか？　気になります】

『――だそうです。わたしも気になります』

（花音《かのん》ちゃん、よりにもよってこれを拾うのか……）

広季《ひろき》が呆《あき》れる通り、名指しされた他二人――美優《みゆ》と千夏《ちなつ》は頬《ほお》を引き攣《つ》らせていた。

そこで花音《かのん》が仕切るように続ける。

『ではまず、ちい先輩《せんぱい》はどうですか？　復縁《ふくえん》したいだとか、そういう気持ちってあります？』

すると、千夏《ちなつ》はぎこちない笑《え》みを浮《う》かべて言う。

『あたしはほら、言っちゃえばもう終わった恋《こい》だからさ。良《い》い思い出だったな～って、時々思い出すくらいがちょうどいいかな、今は』

遠い目をして千夏《ちなつ》が語ったことで、その場はしんみりとした空気になっていた。

『えっと、大人ですね……』

『ほんとに同じ高校生《こうこう》かよって思っちゃった』

『ちょっと～、それあたしが老《ふ》け顔《がお》だってディスってない？』

『『ないない』』

コメントは【大人やん】、【にぎやか担当というよりしんみり担当】、【これは推《お》せる】、【一周回って勝ち組感ある】等々、一部は失礼なものもあったが、概《おおむ》ね共感や賛同の内容が多かった。

そんなコメントを見たからか、千夏《ちなつ》は遠慮《えんりょ》がちになおも語る。

『あたし自身さ、結構背伸《せの》びをしていたようなところがあるから。素の自分を出すのって勇気がいるじゃん？　だから見栄《みえ》を張ってたんだけど、相手にはそういうのを全部、見抜《みぬ》かれていたんだよね。それに気付いたときには、なんか自分がすごく恥《は》ずかしくなって……って、ごめん、つい語りすぎた』

（そういうところも含《ふく》めて、俺は好きだったんだけどな……って、これは未練になるのか？）

このとき、広季《ひろき》は自分が少しでも引きずっているのかもしれないということに、初めて気付かされたような心持ちになっていた。

それは広季《ひろき》自身にとっては意外なことで、てっきり千夏《ちなつ》との恋《こい》が最後だからかと思ったのだが。

『わかります。あの人って、普段《ふだん》は割と鈍《にぶ》いところがあるのに、実はちゃんと見てくれているんですよね。大事なときにはさりげなく気遣《きづか》ってくれるというか』

そう語る花音《かのん》は少し寂《さび》しそうに見えて、それが広季《ひろき》の心をざわつかせる。

（違《ちが》う。俺はもっと、君の力になりたかったんだよ……。でも、どうしようもなく力不足で）

そんな彼女たちの気持ちは、別れるときには確かに伝えてもらったはずなのに、今では自分が目を背《そむ》けていたのではないかと広季《ひろき》は感じるようになっていた。

なぜなら、今まさに、胸の内に悔《く》やむような気持ちが湧《わ》き上がっているからだ。

そこで切り替《か》えるように、千夏《ちなつ》が笑顔《えがお》で言う。

『って、ごめん、あたしのせいですっかり重い空気になっちゃったよね。その別れがあったおかげで、今ではこうして同じ元カノ二人と仲良く配信活動なんかができているわけだし、今が楽しいからそれでオッケーだよ！　うん！』

『ちい先輩《せんぱい》……』

『ちなってぃ……』

千夏《ちなつ》が美優《みゆ》にバトンタッチとばかりに手振《てぶ》りをしてみせると、美優《みゆ》は目を泳がせる。

それからすぅ、と一息吸ってから、美優《みゆ》は落ち着きを取り戻《もど》した様子で口を開く。

『私は、正直よくわかんないんだよね。復縁《ふくえん》したいのかって聞かれてもさ』

『はあ……？』

『うん？』

『だって、私はまだ何者でもないから。変わりたいって思うきっかけを彼が与《あた》えてくれて、私は変わろうと配信活動を始めた。でもまだ道半ばで――というか、始まったばっかり？　って感じだし。そういうことを本気で考える段階ですらないって感じなんだよね』

その言葉に、花音《かのん》も千夏《ちなつ》もどう反応すればいいのか困っているように見えた。

それにコメントの方も、いまいち美優《みゆ》の言わんとしていることを測りかねているようだった。

広季《ひろき》はといえば、疑似《ぎじ》デートのときの会話をもとに独自の解釈《かいしゃく》をしていた。――美優《みゆ》は今、恋《こい》をしているどころではないのだと。

『でもそれって、未練があるのとなにが違《ちが》うんですか？』

ずばり直球で花音《かのん》が問いかけると、美優《みゆ》は頬《ほお》を赤く染めて答える。

『私は不器用だから、「これだ」って決めた目標以外を見る余裕《よゆう》はないんだよ。だからゴールをした先を見据《みす》えるよりもまず、ゴールをすることに集中したいの。そうじゃないと、結局は全てが中途半端《ちゅうとはんぱ》になっちゃう気がするし』

そう聞いても、花音《かのん》はなおも納得《なっとく》がいかない様子で。

『わたしは、全部欲張りたいですけど。そのために努力しているつもりですし』

『うん、だからかののんのことはすごいなと思ってるし、尊敬してるよ』

『うぅ、そう言われたらなにも言い返せなくなるじゃないですかぁ……。わたしも、みゅん先《せん》輩《ぱい》のことはそれなりに好きですよ？』

『あはは、私は好きとは言ってないけどね』

『ひどい!?　みゅん先輩《せんぱい》こそ、わたしへの風当たりがキツいじゃないですか……』

『うそうそ。あざと可愛《かわい》いかののんのことは、私も好きだよ。それに面倒見《めんどうみ》の良《い》いちなってぃのこともね』

『――ッ！　みゅん先輩《せんぱい》こそ、そういうところはあざといと思います……』

『あはは、ほんとにねー』

知らぬ間に特殊《とくしゅ》で独特な空気感が生まれていて、コメントでも【尊い】、【これが百合《ゆり》か】、

【もうこの二人が付き合えばいいんじゃ】などと投稿《とうこう》される事態になっていて。

そこでうんうんと頷《うなず》いていた千夏《ちなつ》が、次に進むべくコメントを読み上げる。

『それじゃあ次は、【元カレに一言ありますか？】だって。あたしはないかな～』

『じゃあなんで拾ったの……』

さりげなく、広季《ひろき》にとってはこれまでで一番直接的な内容がきて、若干《じゃっかん》身構えてしまう。

『わたしはじゃあ～……』

花音《かのん》は少しばかり考え込んだかと思えば、

『先輩《せんぱい》、これからも見ていてくださいね！　――といった感じです』

画面越《がめんご》しに満面の笑《え》みでメッセージを送ってきた花音《かのん》はとても可愛《かわい》らしくて、広季《ひろき》は単純にドキドキしてしまった。

『『あざとい……』』

『どうしてですかー！　――って、コメントも【あざとい】ばっかり!?　もう、次はみゅん先《せん》輩《ぱい》の番ですからね！』

『うっ、私か……。じゃあ、いくよ』

美優《みゆ》は照れくさそうにしながら、目線をカメラから外し、

『私、頑張《がんば》るからね』

もじもじと言いながら、小さく手まで振《ふ》っていて。

（か、可愛《かわい》い……）

その可愛《かわい》らしい仕草に、思わず広季《ひろき》までもが照れくさくなって赤面してしまった。

コメントは凄《すさ》まじい勢いで投稿《とうこう》され、【みゅんしか勝たん！】、【ソロのときからガチ推《お》しです】、【おれらが告白のプロデュースをしてやんよ！】、【付き合いてぇ】等々……とにかく熱狂的《ねつきようてき》なものばかりが目立った。元々知名度があることは知っていたが、やはり美優《みゆ》の人気はすごいようだ。配信に毎回顔を出す固定ファンも多いように思える。

そんなコメントの反応に、花音《かのん》はご立腹のようで、

『おかしいじゃないですか、今のだってすっごくあざといと思うんですけど！』

『まあまあ、あざとい担当はかののんなんだしさ』

『そんな担当になった覚えはないですし！　ちい先輩《せんぱい》だって、しんみり担当とか言われていいんですか⁉』

『まあ、べつにいいかな』

『むぅ、なんか理不尽《りふじん》です……』

そこで美優《みゆ》が仕切り直すように手を叩《たた》いて言う。

『ほら二人とも、次で最後にするよ。──【視聴者《しちようしや》に一言ください】だって。じゃあまずは、私から』

美優《みゆ》は真《ま》っ直《す》ぐにカメラ目線で告げる。

『みんな、動画も生配信も見てくれてありがとう。みんながコメントをくれたり、高評価ボタンを押してくれたり、チャンネル登録をしてくれるおかげで、私たちは楽しく活動できています。これからも楽しい配信を続けていくつもりなので、ガンガンついてきてね。以上～、次はかののん』

美優《みゆ》から指名され、花音《かのん》はニッコリと笑顔《えがお》を作る。

『みなさんに一言ということで、さっきの理不尽《りふじん》さから「特にない」って言おうか悩《なや》んだんですけど、やっぱり感謝はしているので言わせてください――視聴者《しちょうしゃ》さん、これからも見ていてください！　以上です』

（今のって、使い回し……）

花音《かのん》の最後のメッセージは、『元カレへの一言』と内容が同じだったので、広季《ひろき》は大丈夫《だいじょうぶ》かと心配になったが、特に問題になる気配はないので安心した。

そして千夏《ちなつ》の番が回ってくるなり、

『――みんな最高～ッ！』

まさに一言。思い切りの良い《い》一言が千夏《ちなつ》の口から飛び出し、広季《ひろき》は思わず感心してしまった。

配信――というか、エンタメとしては満点だろう。

コメントコーナーが終わると、最後に三人が今回の配信について軽く感想を語ってから、挨拶《あいさつ》に入り、

『『バイバーイ！』』

そうして無事に、生配信は終了《しゅうりょう》となった——。

配信画面が切り替《か》わったことを確認《かくにん》した後、広季《ひろき》は美優《みゆ》の部屋へと向かう。

扉《とびら》をノックすると、「どうぞー」と美優《みゆ》の声が聞こえたので中に入った。

すでに三人とも片付けの最中で、広季《ひろき》は邪魔《じゃま》をするのも悪いと思いつつ口を開く。

「みんな、おつかれさま！　すごく良《い》い配信だったよ」

「ありがと。広季《ひろき》も片付け手伝って」

「あ、ああ、もちろん」

せっかく無事に配信が終わったのだから、もっとテンション高めにお祭り騒《さわ》ぎにでもなっているのかと思ったのだが、どうにもみんな落ち着いているように見える。

……というより、どこか余所余所《よそよそ》しさすらある。三人が互《たが》いにというより、広季《ひろき》に対して距離《きょり》を取ろうとしているように感じた。

とはいえ、ひとまず広季《ひろき》も片付けに集中して、黙々《もくもく》と作業をすること十分ほど。

ようやく諸々《もろもろ》が済んだところで、広季《ひろき》は三人に向かって提案する。

「なあ、これから打ち上げをしないか？」

「「「えっ？」」」

三人とも一瞬《いっしゅん》だけきょとんとしてから、すぐに顔を見合わせる。

それからまず、千夏《ちなつ》が口を開いて、

「ごめん、今日はパスかなー。ちょっと疲《つか》れちゃったし」

「わたしも、今日は帰ります」

「そ、そうか。じゃあ、打ち上げはまた後日にしようか」

「すみません」

「いや、謝ることはないよ。三人とも、今日はすごく頑張《がんば》ったもんな。コメントを追っていた感じだと、視聴者《しちょうしゃ》も楽しんでくれていたと思うし。それに俺の画像の一件も、これであまり話題にならなくなる気がするよ」

広季《ひろき》がねぎらう意味も含《ふく》めてそう言うと、千夏《ちなつ》と花音《かのん》はホッとしてみせる。

「よかったー！　ま、今後のことはまた後々に考えればいいよね」

「ですね、ひとまずは無事に乗り切れたことを誇《ほこ》りましょう」

「ああ」

「…………」

どうしてだか美優《みゆ》はずっと口を閉ざしたままで、広季《ひろき》はそれが気になった。

「美優《みゆ》、どうかしたか？　なんか黙《だま》ったままだけど」

「ううん、ちょっと疲《つか》れただけ。私もちゃんと喜んでるから。それに安心もした」

「そ、そうか。ならいいんだけど」

「それじゃ、わたしたちはこれで」

「おつかれー」

そうして二人が部屋を出ていこうとしたところで、

「──あのさ！」

広季《ひろき》が大声を出すと、三人とも驚《おどろ》いた様子で視線を向けてくる。

もっと伝えたいことが広季《ひろき》には山ほどあって、けれどそれらを全て言語化するのは難しい気がしていて、だからか続く言葉がすぐに出てこない。

ただそれでも、三人は黙《だま》って待ち続けてくれている。

ゆえに、広季《ひろき》は頭の中を整理してから口を開く。

「……実は俺、今回のことが上手《うま》くいかなかったら、マネージャーをやめようと思っていたんだ。盗撮《とうさつ》に気付けなかったのは、やっぱり俺の責任でもあるしさ」

「「「…………」」」

三人は動揺《どうよう》しつつも、話の続きを待っている。

だからこそ、広季《ひろき》は言葉を続ける。

「でも、みんなは上手《うま》くやってくれた。俺さ、最近楽しかったんだよ。だからマネージャーをやめたくはなかったんだ。……本当に、ありがとう」

広季《ひろき》が頭を下げてお礼を言うと、三人とも微笑《ほほえ》んでみせた。

「もー、それはこっちのセリフだって！　今回の成功はひーくんのおかげでもあるんだし、あたしだって楽しんでるよ！」

「ちい先輩《せんぱい》の言う通りです。ひろ先輩《せんぱい》なしで活動するなんてもう考えられないですし、これからも末永くよろしくお願いします」

「二人とも……」

そこで美優《みゆ》がはぁ、とわざとらしくため息をついてみせる。

「なにを言い出すのかと思えば。やめたくないならやめなきゃいいだけだし、責任とかそういうのは本来リーダーが取るものでしょ。だからいざとなったら私が土下座でもしてやるし、広《ひろ》季《き》もかののんもちなってぃも、その辺りは気にする必要ないから」

「「「おぉ……」」」

メンバーがこれまでで一番、美優《みゆ》にリーダーとしての風格を感じた瞬間《しゅんかん》であった。

「みんな、ありがとう。それと、俺も三人のことを応援《おうえん》してるから。……この気持ちをどうしても伝えておきたくてさ、わざわざ呼び止めてごめんな」

そんな言葉を伝えると、三人とも微笑《ほほえ》んでみせた。

「ほんとだよー！　もったいぶるから何事かと思ったし」

「でも嬉《うれ》しいです。ひろ先輩《せんぱい》が応援《おうえん》してくれるなら、わたしはいくらでも頑張《がんば》れちゃいます」

「それに私たち、もうとっくに広季《ひろき》からはいろいろなことをしてもらってるしね」

「ありがとう、そう言ってもらえると嬉《うれ》しいよ」

広季《ひろき》がもう一度感謝の言葉を伝えると、三人ともくすぐったそうに笑ってみせた。

それから花音《かのん》と千夏《ちなつ》が部屋を後にして、広季《ひろき》も出ていこうとしたところで、

「広季《ひろき》」

「なんだ？」

今度は美優《みゆ》から呼び止められたので振《ふ》り返ると、美優《みゆ》は真顔で尋《たず》ねてくる。

「さっき、他になにか言おうとしてなかった？」

「いや、そんなことないけど？」

「そ。ならいいんだけど」

（……言えるわけがない。もしかしたら俺にも未練があるかもしれない、なんて）

その気持ちだけは伝えることができなかった。

きっと伝えても、三人を困惑《こんわく》させるだけだと思ったからだ。

それに実際、広季《ひろき》は気持ちを伝えたところでどうにかしようと考えているわけでもなく。

だから代わりに、広季《ひろき》は部屋を見回しながら他の話題を口にする。

「でもまさか、俺がまた美優《みゆ》の部屋に入ることになるとはな」

「あんまりじろじろ見ないでよね、一応女子の部屋なんだから」

「そうは言っても、ここで配信している時点で全国に公開されているようなものじゃないか」

「それでも、気になるものは気になるっていうか」

「まあ、そうだよな。悪い、変なことを言った。もう行くよ」

「ん、ありがとね」

自然と美優《みゆ》の口から感謝の言葉を伝えられて、広季《ひろき》の胸はほっこりと温かくなる。

「ああ、こちらこそ」

そう言って、広季《ひろき》は今度こそ部屋を後にする。

心なしか、足取りはとても軽かった。

◆　◆　◆

その日の午後十一時過ぎ。

すでに日付も変わろうとしているこの時間帯に、《ＭＩＣＨＩＫＡ》の三人はグループ通話をしていた。

『ていうか、びっくりしたよね。今日の広季《ひろき》、あんな真剣《しんけん》な顔をするんだもん』

『てっきり告白されるんじゃないかと思って、ドキドキしちゃいましたよ！』

『あはは……かののんはほんと、ひーくん絡《がら》みになるとメルヘン感が強まるな〜。まあ告白はないにしても、ひーくんって時々なにを考えてるのかわからないところがあるもんね～』

『『『はぁ』』』

三人は揃《そろ》ってため息をつく。

『……今日の配信で、私だいぶ恥《は》ずかしいことを言ってたと思うんだけど、広季《ひろき》はどう思ったんだろ』

『そんなの三人ともじゃーん。それにかののんも言ってたけど、ひーくんは結構鈍《にぶ》いところがあるからなぁ。でもまあ、嫌《いや》な気はしなかったと思うよ』

『だといいけど』

『ひろ先輩《せんぱい》って、かっこいいですよね～……』

『『いきなりどうした⁉』』

画面に映る花音《かのん》はうっとりとした顔をしていて、美優《みゆ》も千夏《ちなつ》もドン引きする。

『ていうか、かののんはよく生配信でもその好き好きオーラを隠《かく》さないでいられるよね』

『みゅん先輩《せんぱい》たちとは違《ちが》って、隠《かく》している余裕《よゆう》はないですし。わたし、そこまで自惚《うぬぼ》れられるほど、自分が見えていないわけではないので』

『それに比べて年長者のあたしらときたら……』

『さすがに情けなくなるよね……』

自嘲《じちょう》ぎみに笑い合う二人に対して、花音《かのん》は不満たっぷりにむくれてみせる。

『なんですかそれ。最初の女と、最後の女の余裕《よゆう》ですか？　どうせわたしは失恋《しつれん》したひろ先輩《せんぱい》の心に付け込んだだけの哀《あわ》れな後輩女子《こうはいじょし》ですよーだ』

『誰《だれ》もそこまでは言ってないって……。ただまあ、私だって余裕《よゆう》はないよ。だから早く、大物になってやるつもりだし』

『ほら。みゅん先輩《せんぱい》だって、明言しないだけで未練タラタラじゃないですか。そういうところ、ちょっとズルいと思います』

『……うっさいな』

『ちなみにわたし、まだ根に持ってますからね。デート風動画の撮影《さつえい》にかこつけて、みゅん先《せん》輩《ぱい》がひろ先輩《せんぱい》と間接キスをしたこと。わたしだって、まだキスなんか一回しかしたことないのに』

『こんなことなら詳細《しょうさい》を話さなきゃよかったよ……。ていうか、まだその話をする？　だいたい、キスが一回だけなのはかののんが初キスしたときに過呼吸になったのが原因じゃん。普《ふ》通《つう》の恋人《こいびと》は付き合って半年も経《た》てば、キスぐらいは何回もするものでしょ』

『わ、わたしは、プラトニックな関係を築ければそれで十分ですし！』

『それで詰《つ》め寄られる広季《ひろき》の身にもなった方がいいと思うけど』

『〜〜〜っ！　やっぱりみゅん先輩《せんぱい》のこと、あんまり好きじゃないです！』

『私は案外、かののんのそういうところも好きだけどね』

そこで一段落がついたことを確認《かくにん》した千夏《ちなつ》が欠伸《あくび》交じりに言う。

『二人とも終わった～？　今度の打ち上げ、ひーくんが外食にするのと家で出前パーティーにするの、どっちがいいか聞いてきたんだけど～』

『家パの方がよくない？　また盗撮《とうさつ》されたら面倒《めんどう》──いや、外を貸し切りもアリか』

『というか、ちい先輩《せんぱい》に連絡《れんらく》がいくんですね』

『細かいな～。じゃあこれからは、かののんにメッセしてって言っとく？』

『い、いえ、束縛《そくばく》とかはしたくないですし……』

『りょーかーい』

『そういうのはリーダーに言えって言っとくわ』

『『うわ、ぜったいに束縛《そくばく》するタイプだ……』』

『違《ちが》うから！　付き合えばもう少し……やっぱりなんでもない！』

──ブーッ。

と、そこで三人に一斉送信《いっせいそうしん》でメッセが届く。

広季《ひろき》から送られてきたそのメッセには、今日の配信中に投稿《とうこう》された好意的なコメントの数々がまとめられていた。

そして最後には、『三人とも、今日は本当におつかれさま。楽しい時間をありがとう』と記《き》載《さい》されていた。

『…………大好きです』

『ちょっと、やめてくれない⁉　感動が台無しになる！』

『あたし的にも、さすがに今のは空気を読んでほしかったかな～』

『仕方ないじゃないですか！　つい本音がもれちゃったんですから……』

『『だから、そういうところだよ……』』

そんな風にして、三人のグループ通話は日付が変わるまで続いたのだった——。

エピローグ

週が明けて数日が経《た》ち、打ち上げの当日になった。

場所はカフェ・フロラ。広季《ひろき》と千夏《ちなつ》のバイト先である。

放課後を迎《むか》えるなり、最寄《もよ》り駅から電車で二駅ほど移動してから、徒歩で数分。

広季《ひろき》が店に着いたときにはまだ誰《だれ》の姿もなく。今日は店長に頼《たの》んで店を二時間ほど貸し切りにしてもらったので、当然客の姿もない。ついでにスタッフも、キッチンに店長が入ってくれているのみである。

「今日はよろしくお願いします」

店長に一言挨拶《あいさつ》を済ませてから、広季《ひろき》はスマホをチェックする。千夏《ちなつ》からはもう到着《とうちゃく》するという旨《むね》のメッセが届いていた。

打ち上げパーティーの準備は広季《ひろき》と千夏《ちなつ》もやることになっているので、先に待ち合わせをしているのだ。美優《みゆ》と花音《かのん》には三十分ほど時間をずらして伝えてある。

広季《ひろき》は手早く制服に着替《きが》えてから、黙々《もくもく》と準備を進めていると。

カランカラン、と入り口が開く音がした。

キッチンから顔を出すと、急いできたのか髪《かみ》を振《ふ》り乱した千夏《ちなつ》の姿があって。

「ごめーん、遅《おそ》くなっちゃったよー！」

「いや、全然。俺だけでも人手は足りているくらいだし」

「そうは言ってもさ〜、任せっきりっていうのはね〜」

話しながら、千夏《ちなつ》は更衣室《こういしつ》に入ってそそくさと着替《きが》えを済ます。

千夏《ちなつ》も加わったことで準備はスピードアップし、フロアのテーブル上にはメニューの品が次々に並んでいく。今日は立食形式である。

ピザにパスタにグラタン、サラダにご飯物、どうしてだか煮物《にもの》などの和食まで用意されているほど、豊富なレパートリーで。

ここはダイニングカフェにしてはメニューの数が多い。海外のレストランで修業経験のある店長の趣味《しゅみ》らしく、本場仕込みにプラスアルファで創作料理を加えているのだとか。そのせいで、キッチンスタッフはいつも大変そうにしている。

準備を始めて三十分ほどが経《た》ったところで、再び入り口が開く。

入店してきたのは、美優《みゆ》と花音《かのん》であった。二人ともどうしてだか、少し緊張《きんちょう》しているように見える。

「「いらっしゃいませ」」

広季《ひろき》と千夏《ちなつ》が同時に声をかけると、二人は驚《おどろ》いた様子で固まってしまう。どうやら広季《ひろき》たちのカフェの制服姿に動揺《どうよう》しているようだ。

「へ、へぇ、オシャレな制服だね」

「ありがとー、一応カフェだからねー」

「ひろ先輩《せんぱい》、かっこいいでしゅ……」

「あはは、直球で言われると照れるな。俺からすれば、結構着慣れた制服なんだけど。——さて、二人はくつろいでいてくれ。俺たちは着替《きが》えてくるから」

「えー、そのままでいいのに」

「そういうわけにはいかないからさ」

渋《しぶ》る花音《かのん》に見送られながら、広季《ひろき》と千夏《ちなつ》は各々《おのおの》更衣室《こういしつ》に入る。

広季《ひろき》たちが着替《きが》えを終えて戻《もど》ると、カメラ代わりのスマホがセットされていて。

「まさか、打ち上げの様子も撮《と》るつもりなのか？」

「あ、おかえり。もちろんそのつもりだけど」

「美優《みゆ》って、なんでもエンタメに取り入れて考えそうだよな……」

「悪い？　それにこれでも、他の人気配信者ほど徹底《てってい》はできていないってば」

「そうなのか……？」

「まあまあ。とりあえず、料理が冷めちゃう前に始めようよ」

千夏《ちなつ》に諭《さと》されたことで、広季《ひろき》も承諾《しょうだく》する。

それから、いざ開始の挨拶《あいさつ》はリーダーである美優《みゆ》が行うことになり。

「堅苦《かたくる》しいのは苦手だし、今日はまあ、楽しくやりましょう」

あまりにもシンプル過ぎたので、思わずみんなが笑いを堪《こら》える形になってしまう。

全員が飲み物のグラスを手にしたところで、美優《みゆ》が続けて言う。

「それじゃ、せーのでいくよ。——せーのっ」

「「「「カンパーイッ！」」」」

そうして、打ち上げパーティーが始まった。

基本的にはカメラが回っていることを気にせずに、食事をしながら談笑《だんしょう》して過ごしていたが、広季《ひろき》だけはどうにも意識してしまう。

（これ、俺の映っている部分は編集でカットするにせよ、アップするかもしれないんだよな）

カメラを避《さ》けるあまり、つい広季《ひろき》は隅《すみ》に寄りがちになっていたが、

「ちょっと広季《ひろき》、そんな隅《すみ》っこでどうしたの？　次の企画《きかく》の話がしたいんだけど」

美優《みゆ》が苛立《いらだ》ちながら手招きをしてきて、広季《ひろき》は渋々《しぶしぶ》前に出る。

「一応、カメラが回っていると思うと、普通《ふつう》は遠慮《えんりょ》するだろ。一時的にでも止めてくれたら、俺も存分に参加できるんだけど」

「だーめ。もしかしたら良《い》い動画になるかもしれないでしょ」

「そうは言ってもなあ……」

そこで花音《かのん》がプリンパフェを頰張《ほおば》りながら近づいてくる。

「ひろ先輩《せんぱい》、このパフェ美味《おい》しいですね。もしかして、これはひろ先輩《せんぱい》が作ったんですか？」

「いや、それは千夏《ちなつ》さんが」

「あー、どうりで味が大雑把《おおざつぱ》だと思いました」

「ちょっ、ひどくない⁉　あたしが丹精込《たんせいこ》めて作ったのにー！」

「ふふ、冗談《じょうだん》ですよ。良《い》い仕事をしましたね」

「嬉《うれ》しいけど、なんで上から目線……？」

そんな花音《かのん》と千夏《ちなつ》のやりとりを見て、広季《ひろき》も自然と笑《え》みを浮《う》かべる。

「ほらね、撮《と》る価値あるでしょ」

美優《みゆ》が隣《となり》に並んできて言う。

「まあ、そうだな」

「それに安心して。この動画はアップする気ないから」

「えっ、そうなのか？」

「うん、プライベートの観賞用。ただまあ、画像はアップするけどね。仲良しアピールにもなるし」

「はは、言い方は相変わらず素直《すなお》じゃないな」

「人間、一番変えたいところはなかなか変わらないものだから」

「そうかもしれないな」

ただ、それを広季《ひろき》が尊いことだと思うのは、他人事《ひとごと》だからだろうか。

「それにしても、改めて見るとすごい光景だな。俺のバイト先に、歴代の元カノが勢揃《せいぞろ》いしているとか」

「しかも、揃《そろ》いも揃《そろ》って美少女ばっかりだもんね」

「事実だけど、普通《ふつう》は自分で言わないよな」

「その割に、元カレの方は普通《ふつう》だけど」

「それも事実だけど、普通《ふつう》は本人に言わないよな……」

「あはは、認めちゃうところが広季《ひろき》らしいよね」

隣《となり》で笑う美優《みゆ》を見ていたら、広季《ひろき》は自然と手を伸《の》ばしていて――

「――ッ。……何、この手……？」

思わず頭を撫《な》でていた。

美優《みゆ》が俯《うつむ》きながら尋《たず》ねてきたことで、広季《ひろき》はハッとして手を離《はな》す。

「わ、悪い、つい……」

「ご褒美《ほうび》なのかと思った」

「えっ、それってどういう――」

パチン、とそこで美優《みゆ》が自らの両頬《りょうほお》を思いっきり叩《たた》いてみせる。

大きな音が店内に響《ひび》き渡《わた》ったことで、じゃれ合っていた花音《かのん》と千夏《ちなつ》までもが視線を向けてきた。

戸惑《とまど》う広季《ひろき》をよそに、顔を上げた美優《みゆ》は笑顔《えがお》になっていて。

「次やったら、配信中に実名出すかもしれないから」

「なんだよその、現実味のある脅《おど》し文句は……」

「だって……こういうことされたら、その気になっちゃうかもしれないでしょ」

そう語る美優《みゆ》は、いつの間にか頬《ほお》を赤く染めていて。

その照れ顔に、広季《ひろき》の視線は釘付《くぎづ》けになる。

「……なんとか言ってよ」

「なんとかって………その、悪かったよ」

「ん」

「あのー、わたしたちがいることを忘れてませんか？」

声をかけられて視線を向けると、笑顔《えがお》で頬《ほお》を引き攣《つ》らせる花音《かのん》と、呆《あき》れぎみに笑う千夏《ちなつ》の姿があって。

どう取り繕《つくろ》おうかと広季《ひろき》が考え始めたところで、代わりに美優《みゆ》が前に出て答える。

「ごめん、マジで一瞬《いっしゅん》忘れてた」

「へぇ、さすがはやらかし担当のみゅん先輩《せんぱい》ですね。もう少し周りを見た方がいいのでは？」

「あざとい担当の色ボケ後輩《こうはい》だけには言われたくないなぁ」

「ふふふ……」

「ふふふふ……」

まさに一触即発《いっしょくそくはつ》の雰囲気《ふんいき》に、困った広季《ひろき》は助けを求めるように千夏《ちなつ》の方を見遣《みや》る。

すると、笑顔《えがお》の千夏《ちなつ》はバツ印を両手で作ってみせた。

仕方がないので、広季《ひろき》自ら項垂《うなだ》れながらも仲裁《ちゅうさい》に入る。

当然、原因は広季《ひろき》にもあるだの面倒《めんどう》な言い合いに巻き込まれて、割と散々な目に遭《あ》った。

そうこうしているうちに時間は瞬《またた》く間に過ぎていき。

貸し切りのタイムリミットも迫《せま》ったことで、生配信成功の打ち上げパーティーは騒《さわ》がしいまま終了《しゅうりょう》となった。


美優《みゆ》と花音《かのん》が先に店を出て、千夏《ちなつ》と片付けを終えてから、夜のシフトも入っていた広季《ひろき》はしばらくバイトに従事する。

バイトを終えてから店を出ると、当然ながら外は真っ暗になっていて。

夜の帰り道を歩きながら、広季《ひろき》は一人で考えていた。

彼女たちは自分にとってどういう存在なのかと。

昔は恋人《こいびと》であり、今は別れた後なのだから、元カノというのは間違《まち》いない。

そんな別れたはずの相手と、今は違《ちが》う形で関わり続けている。

だが、友達なのかと問われれば、それは否である気がするし、赤の他人というのも違《ちが》うだろう。

幼馴染《おさなな じみ》、学校の後輩《こうはい》、バイトの先輩《せんぱい》。――彼女たちを言い表す関係性は他にもあるが、そんな彼女たちともっと深く、より親密に関わり合いたいと考えている自分がいる。

これを単なる『配信仲間』として片付けていいものか、仲間として関わり合いたいだけなのか、その判断がいまいちはっきりとしなかった。

少なくとも、一言で元カノと表しても、いろいろな形があることを広季《ひろき》は実感させられていた。

「こういうことを考えるのも、未練があるからなのかな」

夜空を見上げて、広季《ひろき》はぼそりと呟《つぶや》く。

丸い月が照らす夜道を歩き続けて、自宅が見えてきたところで、美優《みゆ》の部屋の明かりが点《つ》いていることに気付いた。今もきっと、彼女は何かしらの動画を視聴《しちょう》しているに違《ちが》いない。

『今なにやってる？』

広季《ひろき》はそんなメッセを、美優宛《みゆあ》てに送る。

すると、すぐさま返事があった。

『動画の編集作業中だけど、そっちは？』

『バイト帰りで、今家の前に着いたところだよ』

そう送った直後、バタバタと物音が聞こえたかと思えば、美優《みゆ》の家の玄関《げんかん》が開いた。

ちょうど広季《ひろき》は通り過ぎようとしていたところだったので、驚《おどろ》いて固まってしまう。

「あ、いた！」

「えっと、出迎《でむか》えか？」

「そんなことより、今日の動画、やっぱりアップすることにしたから。明日には上げるつもりだから、編集作業を手伝って」

「今からか？」

「今から！　——ていうか、今すぐ！」

忘れていた。

美優《みゆ》は元来こういう性格だったことを。

他人のことはお構いなしに巻き込んで、気付けばいつも一緒《いっしょ》にいる。

ただ、それはとても楽しいことで、気付けば自分も笑顔《えがお》になっていて。

そんなところに、広季《ひろき》はたまらなく惹《ひ》かれたのだと。

「ちょっと、なんとか言ってよ」

「あんまりお構いなしに振《ふ》り回すと、また惚《ほ》れるからな」

「はぁっ⁉　いきなりなに言ってんの⁉」

「なんてな、冗談《じょうだん》だよ」

「〜〜〜っ！　……やっぱり今日は一人でやる、身の危険を感じるから」

「俺はそれでもいいけど」

広季的《ひろきてき》にはべつに構わないのでそう答えると、ムッとした美優《みゆ》が気持ちを切り替《か》えた様子で言う。

「な、なんてね！　いいから早く来て！」

「どっちなんだよ……」

「来て！　今は猫《ねこ》の手も借りたい気分だから！」

「俺は猫《ねこ》の代わりか……」

呆《あき》れながらも頷《うなず》いてみせると、美優《みゆ》がジト目を向けてくる。

「それと、さっきの発言は二人にも報告しとくから」

「それだけはやめてくれ！　絶対面倒《めんどう》なことになるから！」

「どうしよっかな〜、今日の頑張《がんば》り次第《しだい》で決めてやろうかな」

「悪魔《あくま》め……」

「なんか言った？」

「いえっ、精一杯頑張《せいいっぱいがんば》らせていただきます！」

「よろしい。それじゃあお風呂《ふろ》の時間は待ってあげるから、終わり次第《しだい》部屋に来てね。なにか差し入れがあると嬉《うれ》しいかも」

「はいはい」

玄関《げんかん》の扉《とびら》が閉まりかけたところで、美優《みゆ》がもじもじとしながら言う。

「それと、部屋ではグループ通話を繋《つな》げてるから、さっきみたいな発言は気を付けてよね」

ガチャン、と扉《とびら》は閉まり、一人残された広季《ひろき》は赤面しながらも項垂《うなだ》れる。

そしてため息交じりに思った。

元カノが集まると、間違《まちが》いなく面倒《めんどう》な事が起こる——と。


いつの日か、彼女たちとの関係が変わるときはまた来るのかもしれない。今の関係が永遠に続くなどという幻想《げんそう》を、広季《ひろき》はとうに持ち合わせていないのだ。

それは幾度《いくど》も願い、覆《くつがえ》ってきた経験ゆえの感覚である。

ただ、それでも広季《ひろき》は思うのだ。

今の時間を大切に過ごしていくことだけは忘れないようにしたい、と。

あとがき

どうも、戸塚陸《とづかりく》と申します。電撃《でんげき》文庫さんでは初めまして。

この度《たび》は、『未練タラタラの元カノが集まったら』をお手に取ってくださり、誠《まこと》にありがとうございます。


本作はタイトル通り、未練がある元カノがヒロインとして登場するラブコメディとなっています。

幼馴染《おさななじみ》でもある元カノの美優《みゆ》をはじめとして、出会い方や境遇《きょうぐう》はさまざまですが、一度は終わった恋《こい》を引きずったまま——という部分は共通しています。さらに言えば、なかなかにこじらせています。

そんな未練だらけの元カノが集まって何をしようとしているのか、ぜひ本編を通して楽しんでいただければ幸いです。

イラストも見どころであり、どのヒロインもとても可愛《かわい》らしくしていただきました。

まず目に入る表紙の美優《みゆ》や、その他のイラストはどれも可愛《かわい》さで溢《あふ》れており、柔和感《にゅうわかん》や躍《やく》動感《どうかん》、それにリアリティを同時に感じられて、作者はイラストが届く度《たび》に幸せな気持ちでいっぱいになっていました。ぜひ、皆《みな》さんも本編とともに確認《かくにん》してみてください。

最後に謝辞を。

担当編集の皆様方《みなさまがた》、そしてこの作品の出版にかかわってくださった皆様《みなさま》、ありがとうございます。今後ともよろしくお願い致《いた》します。

イラストを担当してくださった、ねいび様。美麗《びれい》かつ可愛《かわい》らしいイラストで本作を彩《いろど》ってくださり、ありがとうございます。今後ともよろしくお願い致《いた》します。

そして読者の皆様《みなさま》。本作を読んでくださり、誠《まこと》にありがとうございます。少しでも楽しんでいただけたのであれば幸いです。今後も精一杯《せいいっぱい》励《はげ》みますので、応援《おうえん》していただけると嬉《うれ》しいです。どうぞよろしくお願い致《いた》します。

ここまで読んでくださって、ありがとうございました。

それではまた、次巻でお会いできることを願って。

戸塚陸《とづかりく》

◉戸塚　陸著作リスト

「未練タラタラの元カノが集まったら」（電撃文庫）

本書に対するご意見、ご感想をお寄せください。

ファンレターあて先
〒 102-8177　東京都千代田区富士見 2-13-3
電撃文庫編集部
「戸塚 陸先生」係
「ねいび先生」係

本書は書き下ろしです。

電撃文庫

未練《みれん》タラタラの元《もと》カノが集《あつ》まったら

戸塚《とづか》 陸《りく》

2023年4月10日　初版発行

発行者　山下直久
発行　株式会社KADOKAWA
〒102-8177　東京都千代田区富士見2-13-3
0570-002-301（ナビダイヤル）
装丁者　荻窪裕司（META＋MANIERA）
印刷　株式会社暁印刷
製本　株式会社暁印刷

ISBN978-4-04-914623-3　C0193　Printed in Japan

電撃文庫　https://dengekibunko.jp/

電撃文庫創刊に際して

文庫は、我が国にとどまらず、世界の書籍の流れのなかで〝小さな巨人〟としての地位を築いてきた。古今東西の名著を、廉価で手に入りやすい形で提供してきたからこそ、人は文庫を自分の師として、また青春の想い出として、語りついできたのである。

その源を、文化的にはドイツのレクラム文庫に求めるにせよ、規模の上でイギリスのペンギンブックスに求めるにせよ、いま文庫は知識人の層の多様化に従って、ますますその意義を大きくしていると言ってよい。

文庫出版の意味するものは、激動の現代のみならず将来にわたって、大きくなることはあっても、小さくなることはないだろう。

「電撃文庫」は、そのように多様化した対象に応え、歴史に耐えうる作品を収録するのはもちろん、新しい世紀を迎えるにあたって、既成の枠をこえる新鮮で強烈なアイ・オープナーたりたい。

その特異さ故に、この存在は、かつて文庫がはじめて出版世界に登場したときと、同じ戸惑いを読書人に与えるかもしれない。

しかし、〈Changing Times,Changing Publishing〉時代は変わって、出版も変わる。時を重ねるなかで、精神の糧として、心の一隅を占めるものとして、次なる文化の担い手の若者たちに確かな評価を得られると信じて、ここに「電撃文庫」を出版する。

1993年6月10日
角川歴彦

電撃文庫DIGEST　4月の新刊

発売日2023年4月7日

86―エイティシックス― Alter.1 ―死神ときどき青春―

著／安里アサト　イラスト／しらび
メカニックデザイン／I-IV

たとえ戦場であろうとも、彼らの青春は確かにそこに在った――。店舗特典SSやフェア限定SS、さらには未発表短編、安里アサト書き下ろし短編を多数収録した珠玉の１冊！　鮮烈なる青春の残り香を追う！

姫騎士様のヒモ4

著／白金 透　イラスト／マシマサキ

迷宮都市へと帰還したマシューを待ち受けていたのは、想像とは正反対の建国祭に浮かれる住人たちの姿。スタンピードは、太陽神教は、疑問を打ち消すような喧騒のなか、密かにヤツらは街の暗部を色濃く染めていき――

三角の距離は限りないゼロ9 After Story

著／岬 鷺宮　イラスト／Hiten

奇妙な三角関係が終わってしばらく。待っていたのは、当たり前の、だけど何より願っていた日常だった。恋人どうしの何気ないやり取り、それぞれの進路、そして卒業――。二人の"今"を綴るアフターストーリー。

ウィザーズ・ブレインIX 破滅の星〈中〉

著／三枝零一　イラスト／純 珪一

世界の運命を決する大気制御衛星は魔法士サクラの手に落ちた。人類を滅ぼそうとする賢人会議に対し、シティ連合も必死の反攻を試みる。激突する両者に翻弄される天樹錬や仲間たちに、決断の時は刻々と迫っていた。

新作　30ページでループする。そして君を死の運命から救う。

著／秋傘水稀　イラスト／日向あずり

ペンギンの着ぐるみをまとった謎の少女との出会いは、悲劇を止める熾烈な"シナリオバトル"の始まりだった。夏祭り会場で発生した銃撃事件。とある少女の死をきっかけに、俺は再びその日の朝に目覚め――。

新作　天才少女、桜小路シエルは異世界が描けない

著／春日みかげ　イラスト／Rosuuri

自称天才マンガ家のシエルは、異世界ファンタジーの執筆に難航していた。「描けないなら実際に来ればよかったのだ！」　マンガを描くため、いざ異世界へ！　けれど取材は一筋縄ではいかないようで……？

新作　未練タラタラの元カノが集まったら

著／戸塚 陸　イラスト／ねいび

一度終わった関係が再び動き出す高校二年の春。どうやら元カノ三人が集まって何かを企んでいるようで……!?

新作　悪役御曹司の勘違い聖者生活 ～二度目の人生はやりたい放題したいだけなのに～

著／木の芽　イラスト／へりがる

悪役領主の息子に転生したオウガは人がいいせいで前世で損した分、やりたい放題の悪役御曹司ライフを満喫することに決める。しかし、彼の傍若無人な振る舞いが周りから勝手に勘違いされ続け、人望を集めてしまい？

レプリカだって、恋をする。
Even a replica falls in love
榛名丼
［イラスト］
raemz
16歳、夏。はじめての、青春。
愛川素直という少女の
身代わりとして働く
分身体《レプリカ》、それが私。
本体のために生きるのが
使命……なのに、
恋をしてしまったんだ。
海沿いの街で
巻き起こる
ちょっぴり不思議な
青春ラブストーリー。
応募総数
4,128作品の
頂点
第29回
電撃小説大賞
大賞
受賞作
電撃文庫

第29回
電撃小説大賞受賞作
電撃文庫
僕が君と別れ、君は僕と出会い、
舞台《ものがたり》は始まる。
四季大雅
［イラスト］一色
TAIGA SHIKI
Illust: ISSHIKI
ミリは
猫の瞳のなかに
住んでいる
MILI LIVES
IN THE
CAT'S EYES
STORY
猫の瞳を通じて出会った少女・ミリから告げられた未来は、
探偵になって『運命』を変えること。
演劇部で起こる連続殺人、死者からの手紙、
ミリの言葉の真相――そして嘘。
過去と未来と現在が猫の瞳を通じて交錯する！
豪華PVや
コラボ情報は
特設サイトでCheck!!
電撃文庫

第29回
電撃小説大賞
金賞
受賞作
夢の中で「勇者」と称えられた少年少女は、
美しき女神の言うがまま魔物を倒していた。
――その魔物が〝人間〟だとも知らず。
勇者症候群
Hero Syndrome
[著] 彩月レイ
[イラスト] りいちゅ
[クリーチャーデザイン] 劇団イヌカレー（泥犬）
少年は《勇者》を倒すため、
少女は《勇者》を救うため。
電撃大賞が贈る出会いと再生の物語。

クセつよ異種族で行列ができる結婚相談所
〜看板ネコ娘はカワイイだけじゃ務まらない〜
五月雨きょうすけ ill. 猫屋敷ぷしお
見習い秘書係のネコ娘、今日も頑張っています！
第29回 電撃小説大賞 受賞作 電撃文庫
特設サイトをcheck!!
STORY
訪れるのはワケあり相談者ばかり？
異種族同士の婚活って大変なんです！
ドタバタ婚活ファンタジー、はじまります!!
電撃文庫

仁木克人
ill.堀部健和
魔王城、空き部屋あります！
Demon King's Castle For Lease!
あいあむ勇者
魔王城を、魔王自らマンション経営!?
豊洲ではじまる不動産コメディ!!
電撃文庫

第28回電撃小説大賞
銀賞
受賞作
MISSION
スキャンして
作品を調査せよ
>>>
ミミクリー・
ガールズ
MIMICRY GIRLS
電撃文庫

第28回
電撃小説大賞
選考委員奨励賞
電撃文庫
アマルガム・ハウンド
捜査局刑事部特捜班
1
駒居未鳥
illust 尾崎ドミノ
少女は猟犬――
主人を守り敵を討つ。
捜査官と兵器の少女が
凶悪犯罪に挑む！
捜査官の青年・テオが出会った少女・イレブンは、
完璧に人の姿を模した兵器だった。
主人と猟犬となった二人は行動を共にし、
やがて国家を揺るがすテロリストとの戦いに身を投じていく……。
電撃文庫